O POVOADO DAS ONZE MIL VIRGENS

PAWLO CIDADE

O POVOADO DAS ONZE MIL VIRGENS

1ª edição
Ilhéus/BA
Teatro Popular de Ilhéus
2019

Normalização bibliográfica: Quele P. Valença - CRB 5/1533

C565   Cidade, Pawlo
           O povoado das onze mil virgens / Pawlo
       Cidade. – Ilhéus, BA: Teatro Popular de Ilhéus,
       2019.
           256 p.: il. – (Romance).

           ISBN: 978-65-81115-00-5

           1. Ficção brasileira. 2. Escritores brasileiros.
       I. Título.

                                CDD 869.3

Teatro Popular de Ilhéus - Editora
Avenida Soares Lopes, s/n, Cidade Nova
Cep.: 45.653-005 | Ilhéus-Bahia
(73) 4102-0580
tpilheus@hotmail.com

Para a glória maior da segunda casa, Viviane;
e o amor da primeira, Caio Vinicius.

"Qualquer parecença é puro acaso."
beata Maria do Rosário

"Um livro é a prova de que os homens são capazes de fazer magia."
Carl Sagan

Morro do Azeite
Cemitério
Cânion da Lua
Monte da Febre
Rio Vermelho
Rio Negro
Trilha das Sete Curvas
Rio Vermelho
Monumento das Virgens
Rio Negro
Conservatória de Música
Casa de Passagem
Mercearia Dona Ruth
Rua Direita Baixa
Rio Miranda
Ponte de Madeira Antiga
Rua Direita de Cima
Ladeira da Sameleira
Rua das Putas Tristes
Entrada do Povoado
Passo da Lontra
Casa de Seu Ananias
Rio Miranda
Mapa do Povoado
1942

LIVRO UM
Pressa venturosa, vagar desastrado

SEU ANANIAS, "O HOMEM QUE TUDO VÊ"

Naquele extraordinário ano de 1942, quarta-feira, 16 de setembro, Seu Ananias, filho de seu Natanael, um dos mais antigos moradores do Povoado das Onze Mil Virgens, foi o primeiro a chegar na Praça da Igreja Matriz. Muito antes dos primeiros raios de sol despontarem por trás do Monte da Febre, ele chegou devagarinho, trazendo um banquinho de madeira, feito por ele mesmo, no último inverno. Escolheu o melhor local, de onde podia ver o tão esperado espetáculo secular da natureza, com os olhos *"que a terra um dia haveria de comer"*. E que olhos! Seu Ananias conhecia a vida de todos os moradores da vila. Sabia de tudo, antes mesmo de contarem a ele. Como ele sabia, ninguém sabe. Era um grande mistério, um segredo que, naquele grande dia, foi revelado. *"Porque nada está encoberto senão para ser manifesto; e nada foi escondido senão para vir à luz"*, dizia a beata Maria do Rosário, recordando uma passagem das escrituras sagradas.

Os irmãos Silva diziam que seu Ananias possuía o maior olho do mundo. A afirmação, em tom jovial, partira do irmão mais novo, João Silva.

Labão, filho de Tiago de Alvarenga – o Tiagão – logo protestou:

- Quem tem o maior olho do mundo é Deus!

- Eu duvido! – Insistia João Silva, ainda espirituoso. Em seguida acrescentou:

- Ananias tem o olho muito maior que o maior olho do maior monstro marinho do mundo, o polvo gigante das profundezas do oceano!

E todos caíram na gargalhada. Labão não sabia se ria da comparação do jovem ou da mentira que ele acabara de contar. João fantasiava demais. A culpa da exagerada comparação do irmão mais novo fora do pai, Josué Silva, que deu ao filho, quando completou doze anos, *"Vinte Mil Léguas Submarinas"*, de Júlio Verne. A bordo do famoso submarino *Náutilus*, sob o comando do Capitão Nemo, João viajou em suas páginas por mais de vinte vezes.

Havia ainda os que juravam que os olhos de Seu Ananias mais pareciam os olhos de uma mosca, *"porque enxergavam tudo e todos em todas as direções"*. A mosca, assim como a maioria dos insetos, possui olhos compostos, que fazem com que ela tenha uma visão de 360 graus! Seu Ananias era, no linguajar popular, também, "o homem mosca!"

Seu Ananias não andava, deslizava. Saía arrastando as alpercatas de couro pelas ruas empoeiradas do povoado, com os pés sempre na largura dos ombros, dobrando levemente os joelhos, empurrando-os, curvando igualmente o quadril e inclinando-se para a frente. Para manter o equilíbrio, Seu Ananias esticava os braços também para a dianteira e fitava seu destino, apoiado pela bengala de peroba. Os passos curtos evitavam uma topada ou um inesperado escorrego. Caminhava numa velocidade constante, num misto de equilíbrio e afastamento dos membros inferiores. Cada pé dava o impulso necessário ao outro, deslizando um por vez. Primeiro o pé esquerdo, depois o pé direito ao lado da bengala, transferindo para cada um seu peso, sem deixar, em nenhum momento, o pé deslizar fora do chão. Só assim se sentia mais confiante.

Da Rua de Lameque, também conhecida como "Rua das Putas Tristes", de onde talvez tenha nascido o título do livro do escritor Gabriel García Márquez[1], até a praça da Igreja de Santa Úrsula, a padroeira do povoado, Seu Ananias levava uma manhã inteira. Era tão lento, tão lento, que uma lesma diante dele parecia uma lebre. E coitado daquele que se dispusesse a acompanhá-lo para apressar-lhe os passos.

- Tenho todo o tempo do mundo, resmungava.

E naqueles passos vagarosos, porém, observadores, analisava o ir-e-vir de cada um dos moradores de Onze Mil Virgens. Sabe aquele periscópio que sai do submarino para olhar em volta? Era como Seu Ananias se comportava quando pausava sua caminhada antes de chegar ao seu destino. Nada ficava às escondidas do olhar atento do velho. Parecia que aqueles olhos eram feitos de poderosas lentes de aumento que podiam enxergar através das paredes, o

---

1 Gabriel García Márquez escreveu "Memória de Minhas Putas Tristes", publicado no Brasil, em 2005, pela Editora Record. Vale salientar que a história escrita pelo colombiano nada se compara com o arrogante Lameque, produtor de café que morava com suas três esposas. Exceto pelo fato de ambos – o personagem de Garcia e o atrevido Lameque possuírem quase a mesma idade (N.A.).

que lhe rendeu outro apelido: *"Senhor Raio Xis"*.

Dona Ruth, a bodegueira dos Secos e Molhados, debruçada sobre o balcão da mercearia, era a primeira a sinalizar quando Seu Ananias parava:

- Olha lá o velho, parece uma coruja girando aquele pescoço de rosca. E fazia um gesto cômico com as mãos para os fregueses. Em seguida acrescentava em tom de espirituoso:

- Os olhos de Ananias estão a ti espiaaar!

O som agudo e prolongado de sua gargalhada lembrava aqueles mamíferos da savana africana, as hienas. Entretanto, dona Ruth não viu quando Seu Ananias colocou bem perto do Monumento das Virgens o banquinho que ele mesmo fez. Era um banquinho um pouco maior que um tamborete, com cinquenta centímetros de altura, polido à mão, acoplado a um encosto de mais vinte centímetros, feito de peroba-rosa do resto de uma madeira que foi parar na sua carpintaria. Embora fosse um banco pequeno, era pesado. A peroba-rosa é uma madeira dura, e é muito mais durável quando não molha nem fica muito tempo em contato com o solo. Seu cerne varia entre o róseo-amarelado e o amarelo-queimado, delicadamente rosado, tendendo mais para o vermelho-rosado uniforme ou com manchas e listras escuras, tal qual a aparência do banco. A peroba-rosa quase não tem cheiro, mas tem um gosto amargo. Seu Ananias costumava também fazer o chá da casca da peroba-rosa, principalmente a amargosa, para proteger contra as picadas de inseto, sobretudo o que transmitia a malária. Aprendera com o pai o hábito de tirar uma pequena lasca da madeira, quase da espessura de um palito de dente, e mastigar para sentir, segundo ele, *"o sabor da madeira"*.

- A peroba-rosa é a madeira! afirmava. Não sabia explicar por que tinha uma preferência especial por ela, contudo se orgulhava de já ter produzido caibros e ripas para muitos telhados, marcos de portas e janelas, venezianas, portões, molduras – sobretudo a moldura do quadro da senhorita Theda Bara – a loira mais metida e pernóstica de Onze Mil Virgens. A única com nome estrangeiro, batizada pela madrinha que veio dos *"States"*, *"em homenagem à atriz americana"*.

De todos os móveis que fez usando a peroba-rosa, o que mais lhe deixava orgulhoso eram as carteiras escolares para seus netos e para todas as crianças do povoado que estudavam na Escola Municipal do Ensino Fundamental de Onze Mil Virgens. As carteiras escolares simbolizavam a extensão de seu ensinamento, mesmo sem saber escrever seu próprio nome. Eram verdadeiras obras de artes plásticas, feitas à mão, uma a uma, personalizadas com sua marca registrada: um peixinho, semelhante àqueles utilizados pelos cristãos primitivos.

A PRESSA DE MESTRE VIRGÍLIO

Seu Ananias levou quase meia hora decidindo se colocava o banco a leste ou a oeste do Monumento. Não sabia se o mais bonito de se ver, no espetáculo que estava por vir, seria a chegada ou a partida. Quem registrou esta indecisão de Seu Ananias foi Mestre Virgílio, que, mesmo andando a passos largos, como se quisesse vencer o vento gelado que soprava do Monte, não passou despercebido pelo velho carpinteiro. O mestre retardou os passos e esgueirou-se por trás de uma lixeira. Quando, por fim, se afastou sorrateiramente, quase em silêncio, aproveitando a oportunidade em que o carpinteiro ficou de costas, preocupado com a melhor posição do banco na praça, *"o homem que tudo vê"*, não perdeu a chance de berrar:

- Pressa venturosa, vagar desastrado!

O provérbio na ponta da língua soou como um presságio e pegou Mestre Virgílio de surpresa. A resposta do passante quase saiu, mas ele sequer a balbuciou. Preferiu engolir em seco sem deter o passo. Apenas baixou a cabeça e acelerou ainda mais as passadas como um gnu à frente de sua manada. Seu Ananias inspirou profundamente, deu de ombros, coçou a testa envelhecida e, como se já soubesse o destino do Mestre Virgílio, vaticinou:

- É cousa!

Se havia uma coisa que deixava todo morador de Onze Mil Virgens com uma pulga atrás da orelha, morrendo de preocupação, desconfiado, suspeitando, conjeturando, e todo o mais que o significado desta expressão pudesse exprimir, era quando Seu Ananias exclamava: "*É cousa!*". A frase exclamativa que mais parecia uma afirmação sempre vinha carregada de uma ou de outra certeza: a de que o indivíduo escondia alguma coisa ou alguma coisa estava prestes a acontecer com o indivíduo. E isso fazia de Seu Ananias não apenas o homem que sabia de tudo, mas o carpinteiro que adivinhava demais! E adivinhar demais suscitava comentários, que quase sempre saíam da boca de Isaura Cornejo, "*A mulher do marido que ninguém vê*", e atual presidente da Confraria dos Letrados, que dizia aos quatro cantos do povoado que:

- O velho tem parte com o diabo!

Se a adivinhação era uma benção ou uma maldição na vida de Seu Ananias, cabia ao povo de Onze Mil Virgens decidir. O fato é que o agulhão-vela do atlântico, o gnu das savanas – um fato extraordinário para um homem que beirava os noventa anos de idade - com seus passos largos e rápidos, corpo esguio, pernas de girafa, finas e longas, em direção ao Monte da Febre, carregava uma pá com cabo de jacarandá. Na cintura, um embornal de couro consumido pelo uso, carregado de ferramentas de entalhe e uma faquinha curta, de cabo de osso, ao lado de um pequeno envelope, impregnado de capim seco, com um segredo guardado há cinquenta anos.

A CHEGADA DOS PEIXES-VOADORES

Seu Ananias finalmente se sentou no banco. O sol foi despontando por trás do Monte da Febre, às cinco e trinta e cinco da manhã. Concomitantemente, os peixes-voadores surgiram numa grande nuvem, tal um bando de gafanhotos, estridulando, como um som agudo mais alto estalado de uma nota de viola. As pessoas foram saindo de suas casas, crianças pulavam pelas janelas, se divertindo com o barulho estridente da migração. Um fenômeno único, que durava exatos quarenta e cinco segundos. Tempo suficiente para percorrer os quatrocentos metros entre o salto do Rio Vermelho, a Praça da Igreja Matriz, e voltar novamente ao Rio Vermelho. Os peixes evitavam a barragem que ficava na bifurcação da corrente e a vegetação de aguapés e capões do mato. O rápido sobrevoo no céu do pequeno Povoado das Onze Mil Virgens era um espetáculo do outro mundo. Não havia sequer um morador do povoado que soubesse responder por que aqueles peixes magníficos, acostumados a viver nas águas quentes das regiões tropicais e subtropicais dos oceanos, escolhiam aquela trajetória para voltar ao Oceano Pacífico. A visita dos peixes-voadores para uns, era o sinal do fim dos tempos; para outros, a chegada das boas novas.

A fantástica e inusitada migração dos peixes-voadores ocorria uma vez por ano, na época das cheias, quando começava o período do acasalamento. Peixes grandes e pequenos, em seu balé coreográfico, deslizavam como serpentes, entre as folhas alternadas e espiraladas das árvores que sombreavam a Praça da Matriz. As crianças saltavam, gritavam e sorriam excitadas tentando tocar as escamas azuis dos peixes-voadores. Um azul diferente, índigo, quase violeta, que refletia a luz dos primeiros raios de sol que despontavam no povoado.

Os olhos dos peixes-voadores pareciam ser mais achatados que os olhos dos peixes comuns. As barbatanas peitorais tinham quase o tamanho deles, assim como as barbatanas pélvicas. Juntas, formavam quatro asas que impulsionavam os animais para a frente. A impressão que se tinha, ao vê-los revoar sobre as cabeças dos moradores, era a de que os peixes-voadores, batendo as asas, assemelhavam-se a cavalos a galope – o mais rápido dos movimentos. O movimento dos peixes lançava água do Rio Vermelho que escorriam de suas escamas. Pareciam gotas de chuva taciturnas e cálidas que caíam sobre os olhos estupefatos e curiosos exalando um cheiro meio desagradável. Seu Ananias dizia que aqueles pingos davam sorte, por isso fazia questão de ficar bem embaixo da passagem deles.

Aquele imenso cardume mergulhou na direção do rio, como se o magnetismo das águas os puxasse de volta para seu habitat. Entretanto, ao invés de imergirem imediatamente de ponta-cabeça, eles planavam como gaivotas por mais um tempo sobre a lâmina d'água. As quatro asas paravam de bater até que o peito tocasse levemente o espelho d'água, com a cauda conduzindo o movimento majestoso, exatamente como um leme, a orientar o caminho a seguir. E, como num passe de mágica, diante dos olhares fixos dos moradores, submergiam nas águas escuras e frias do Rio Vermelho.

Os habitantes do povoado, inquietos, irrompiam em palmas perante aquele espetáculo ímpar da natureza. E quando tudo parecia terminado, grupos menores submergiam para brincar e ziguezaguear na face das águas, rio acima, instigando os cachorros a segui-los, latindo, pela margem direita do Rio Vermelho até o encontro com o Rio Miranda.

Em tempo, para coroar de êxito ainda mais aquele presente do céu, um bando de cotovias atravessou o rio em voo ondulante, para cima e para baixo, alternadamente. No minuto em que as aves, cantando, subiram bem alto até parecer apenas um ponto no firmamento, os peixes-voadores desapareceram no rio, dando adeus à sua migração[2].

---

2. A migração dos Peixes-Voadores e todos os acontecimentos que se sucederam após a sua chegada estão registrados no *Livro de Tombo das Extraordinárias Passagens do Povoado das Onze Mil Virgens* (N.A.).

DE COMO NASCEU O POVOADO PELA NARRATIVA DA BEATA MARIA DO ROSÁRIO

De todas as versões que se tem notícia sobre o nascimento e batismo do Povoado das Onze Mil Virgens, sem dúvida, a que foi contada pela beata Maria do Rosário, uma irmã ursulina que foi freira na Amazônia, é a mais provável. Contam os mais velhos que a freira foi também uma das primeiras moradoras do povoado. Dizem que ela, Seu Natanael, pai de Seu Ananias, chegaram juntos ao povoado, montados em lombos de burros. Se isso era mesmo verdade, qual seria então a idade da beata Maria do Rosário? Ela sempre desconversava quando os amigos entravam nesse assunto.

Pois bem, diferente de quem conhece a lenda de Santa Úrsula, filha do rei da Bretanha, uma jovem de *"boons costumes & sabedoria & fermosura em maneira que sua fama suaua pollo mundo"*, que nasceu no ano de 362, d.C. e se tornou a padroeira da juventude, principalmente das estudantes da religião católica e de todas as donzelas que se dedicam ao cultivo e à catequização de sua própria volúpia, o nome do povoado em nada se assemelha com a história da filha do rei da Grã-Bretanha, que morreu virgem, ao lado de mais onze mil donzelas, igualmente virgens.

Entretanto, se a curiosidade for tamanha que você não consiga concluir a leitura deste capítulo, aconselho a ler a *Legenda Aurea Sanctorum*, escrita pelo beato e arcebispo de Gênova, Tiago de Vorágine, que nasceu, provavelmente, em 1230. E partiu para a eternidade no ano do nosso Senhor em 1298.

Antes de contar a história – e todas as outras que Maria do Rosário sabia, ela fazia um verdadeiro ritual para que – segundo a beata – *"as palavras fossem emitidas de forma perfeita"*.

Começava enchendo o peito de ar, inspirando longa e profundamente pelo nariz até soltar o ar vagarosamente pela boca. Dizia que quando abrisse a boca para contar aquela história, seus lábios precisavam estar relaxados, pois evitaria assim o risco de ter uma câimbra facial. A princípio, inspirava de forma suave, depois acelerava.

- Para a história ser bem contada, o maxilar inferior precisa relaxar, a língua ser estendida, sem contrair, com a ponta colada na parte posterior dos dentes incisivos inferiores e o véu do paladar levantado, com a laringe em posição alta. Assim, ó... – E mostrava.

Os curiosos não sabiam se riam ou ficavam atônitos. Era cômico e atemorizante ao mesmo tempo. As pessoas se afastavam, com receio de serem contaminados por aquele transe teatral. Ela colocava a língua para fora e depois recolhia rapidamente, arqueava para cima e para baixo, batia com a ponta da língua na face anterior e depois na posterior dos incisivos superiores. Fazia rotações, contornando os lábios com a boca aberta e contra os lábios fechados. E terminava imitando uma campainha:

- Trrrim – Trrrim – Trrrimmmm!!!

Todavia, quando começava a contar uma história, sobretudo aquela que deu origem ao Povoado das Onze Mil Virgens, Maria do Rosário segurava nas mãos daquele que estava mais próximo e transportava um a um ao Brasil Colônia que sua bisavó havia conhecido. A riqueza dos detalhes, as entonações que empregava e as características dos personagens, credenciavam Maria do Rosário à mais fabulosa contadora de histórias do povoado.

- Quando uma grande crise do sistema colonial se agravou na segunda metade do século XVIII, alguns anos depois da transferência da capital federal, do vice Reino do Brasil, para o Rio de Janeiro, um jovem herdeiro de uma grande usina de açúcar, Ló de Simões , decidiu vender sua parte para seus irmãos, pegou a sua esposa Raquel de Simões e partiu para o norte do país. Seus planos incluíam comprar umas terras onde pudesse plantar de tudo, ter um filho homem, que pudesse dar continuidade aos seus projetos e viver o resto de seus dias no campo. Porém, antes de encontrar a tão sonhada terra, percorreu metade da floresta amazônica, viajou sete noites entre os rios Negro e Solimões, conheceu terras indígenas, dormiu em palafitas com os ribeirinhos, peregrinou por cerradões, aprendeu a caçar nas savanas vilabelenses e se atolou em campos inundados do pantanal até encontrar um lugar mágico e fascinante chamado Passo da Lontra. Mesmo nome da fazenda de Seu Eupídio e Dona Regina, uma família de agricultores que morava mais ao centro do Vice-Reino do Brasil.

Eles gostaram tanto, tanto, tanto do lugar que fizeram uma oferta irrecusável para os donos: 11 mil réis! Uma fortuna! Uma quantia que aquela família jamais havia visto. A princípio, eles não aceitaram, porém, persuadido pela esposa do agricultor, as terras foram vendidas para Ló e sua esposa.

Felizes e deslumbrados com o achado, cuidaram da terra, produziram frutos, criaram animais, contrataram muitos trabalhadores. Se passaram quatro anos, mas Raquel não engravidava. Ao ver as mulheres dos trabalhadores dando à luz todos os anos, ela se perguntava por que não conseguia também ter filhos. Recusava-se a acreditar que era estéril. Chorava todas as noites quando seu marido a culpava por não lhe dar o filho varão que tanto ele desejava.

Certo dia, cansada do sofrimento e das provações, orou incessantemente e fez uma promessa para Deus, tal qual Ana, a amada esposa de Elcana do Livro Sagrado, fez ao profeta Samuel. Garantiu que se Deus olhasse para ela, visse sua aflição e lhe concedesse o desejo do seu coração e de seu marido, que daria à Deus seu filho por todos os dias da sua vida e sobre a cabeça dele não haveria de passar navalha.

Dois meses depois, Raquel engravidou. Ló de Simões mandou matar quatro dos melhores bezerros, trezentos frangos, quatrocentas codornas, vinte tipos de caças diferentes, até javali; comprou dezenas de barris de vinho e encomendou toda a cachaça de um alambique que funcionava a vinte léguas de distância. Convidou todos os vizinhos, incluindo índios; transportou moradores da cidade e deu uma festa de três dias. Foi um banquete jamais visto em toda a província de Vila Bela. Uma verdadeira festa de rei. Sobrou tanta comida, que os convidados não conseguiram levar tudo para casa.

No nono mês de gestação, a criança tão aguardada chegou. Era uma menina! Linda! De cabelos lisos como a crina de um cavalo e olhos tão volumosos e brilhantes como duas esmeraldas. Sua formosura não tinha igual. No entanto, ao vê-la, Ló de Simões, quebrantou o coração e sentiu que seu espírito partiria naquele momento para a sepultura. Ter uma filha mulher, para ele, era como abreviar os dias. Ao perceber a decepção do marido, Raquel disse:

- Marido, os filhos são herança de Deus. É uma recompensa que ele dá.

De repente, os olhos de Ló de Simões cintilaram. E um largo sorriso aformosou-lhe o rosto. O jovem marido compreendeu que, a partir daquele momento, Raquel ainda poderia lhe dar outros filhos e, assim, com esse novo sentimento de esperança de um herdeiro homem, recebeu a menina Úrsula, nome escolhido pela mãe em homenagem a sua avó bretã.

Neste momento, Maria do Rosário fazia uma pausa, dada a intensidade e a entonação que dava às palavras. Não fazia novos exercícios, apenas bebia um copo d'água, baixava a cabeça, ficava em silêncio, provocando um certo suspense e, abruptamente, distorcia a voz, melodramaticamente, fazendo gestos largos e sinuosos com os braços, para contar o desfecho trágico:

- No ano seguinte, nem bem Úrsula havia sido desleitada, nasceu o segundo filho do casal: Camila! Outra menina. Ló de Simões correu desembestado a fazenda inteira blasfemando sobre o nome de Deus. Com sabedoria, dona Raquel conseguiu mostrar a ele que o próximo filho seria o menino que ele tanto desejava, fazendo com que o coração do fazendeiro mais uma vez se aquietasse. Ele aceitou a chegada de Camila, mas não se convenceu completamente. Resmungava dia e noite até a chegada do terceiro, do quarto, do quinto, do sexto, do sétimo, do oitavo, do nono, do décimo e do décimo primeiro filho. Todos, ou melhor, todas, meninas lindas e saudáveis!

E mais uma vez outra pausa. Uma pausa intencional. Todos querendo saber a reação de Ló de Simões e os argumentos da mulher para fazê-lo aceitar o que a vida lhe oferecera. Ao invés de um único filho homem, dona Raquel lhe dera onze filhas mulheres. A casa de Ló de Simões transformara-se na casa das onze mulheres.

- Um dia, ao voltar de uma colheita...

Maria do Rosário bebeu mais um gole d'água, agitou o maxilar inferior e impostou outra vez a voz, de forma natural, sem esforço, deixando a língua frouxa e os músculos relaxados. Técnica que aprendeu com a professora de canto do Conservatório de Música Clássica – a docente da maior bunda do Povoado das Onze Mil Virgens. Maria do Rosário fungou, repetindo a frase e prosseguiu:

- Um dia, ao voltar de uma colheita, Ló parou para beber com os empregados e bebeu mais do que de costume. A cada quinhão de vinho, rezingava da falta de um herdeiro, de um filho homem que pudesse carregar seu próprio sangue, que pudesse dar continuidade à sua descendência, que pudesse ser o homem da casa quando ele partisse. Ló de Simões possuía um descomedido senso de orgulho masculino, oriundo dos ensinamentos de uma família de três irmãos, cujo exemplo era o pai. Homem austero, forte, durão, criado numa sociedade em que a figura masculina é exemplo de liderança e a família é fruto de um regime patriarcal, onde a mulher, submissa ao homem, tinha seu papel reprimido. Essa visão única, fruto dessas raízes hereditárias, o impedia de ver qualquer uma das suas filhas como capaz de dar continuidade a tudo que ele havia conquistado. Cego pelo ódio que alimentava, a cada nascimento de uma das meninas, culpava a esposa por ser incapaz de lhe dar o filho de sua glória. E este aborrecimento se intensificava quando pensava que suas filhas eram responsáveis por impedir que seu filho homem viesse ao mundo. Depois de beber a última garrafa de vinho da bodega, montou no cavalo e partiu para casa.

Quando chegou, encontrou a mais velha na varanda, lendo o livro sagrado. Ele pulou do cavalo, correu em sua direção, a tomou pelo braço e gritou para que todas as suas irmãs pudessem ouvir:

- Se sua mãe não me deu um filho homem, você me dará!

E arrastou-a para o quarto para cometer o incesto. O choro e os berros desesperados de Úrsula não impediram o pai de cometer o pecado. Ló quebrou os votos de castidade de Úrsula e descumpriu a promessa de Raquel. Não satisfeito, fez o mesmo com cada uma das irmãs, dia após dia, durante o período em que Raquel se recuperava de uma malária.

Quando a esposa melhorou, percebeu nos semblantes carregados e abatidos de suas filhas que algo de errado havia sucedido. Nenhuma delas quis contar o que ocorreu. Porém, pressionada pela mãe, a mais nova relatou todo o acontecido. Raquel tomou um susto tão grande que entrou em convulsão, perdeu a voz, tremeu três dias e três noites até desfalecer. Ao acordar, no quarto dia, não sabia mais quem era. Passava os dias sentada na varanda da casa grande numa cadeira de balanço. À noite, corria pela floresta atrás de um fogo-fátuo, que ela dizia tê-la chamado. Na primeira vez, os trabalhadores conseguiram encontrá-la à beira do Rio Vermelho. Na segunda tiraram ela do Monte da Febre. Suja e ferida, as mãos sangravam dos espinhos que segurou para subir as pedras escorregadias do monte.

Na terceira, os empregados, liderados por Ló de Simões, procuraram por ela à noite inteira e os sete dias que se seguiram após o seu desaparecimento. Dona Raquel nunca mais voltou para casa. Depois do afastamento da mãe, o abuso do pai sobre as filhas continuou por muitos dias.

Arrebentada, abatida, esgotada, Úrsula reuniu todas as irmãs e juntas decidiram dar cabo da própria vida. Amarram-se umas às outras e pularam da centenária ponte de madeira sobre o Rio Miranda. Todas morreram afogadas. Ao encontrar o corpo das filhas, no dia seguinte, boiando sobre o rio, Ló caiu em si ao ver aquela cena dantesca. Rasgou as roupas, enlouqueceu e saiu correndo pela mata. Dizem que até hoje, quem passa pela mata escura em noite de lua cheia ouve os gritos do fazendeiro. Segundo o *Livro de Tombo das Extraordinárias Passagens do Povoado das Onze Mil Virgens*, ele foi comido pelas bestas feras da floresta e as filhas foram enterradas no fundo da Sede da Fazenda. Colocaram uma lápide com a seguinte inscrição:

"Aqui jazem as onze "M" virgens".

O "M" para os trabalhadores que as enterraram significava a abreviatura da palavra "Mulher", mas para os que passaram pelo local, e não conheciam a história, podia ser qualquer coisa, inclusive "mil". Daí onze mil. Um religioso achou a história quase semelhante à que ocorreu em Colônia, na Alemanha, com a beata Santa Úrsula. Tanto a santa europeia como a irmã primogênita das virgens tinham o mesmo nome. Somou-se a isso a devoção do pároco que, sem titubear, batizou o local de Comunidade de Santa Úrsula, porque achou também que ali seria o local ideal para construir um convento. Depois, ele mesmo rebatizou o lugarejo de Povoado das Onze Mil Virgens.

-Vai atrair mais fiéis!, pensou. A fazenda deu lugar a uma comunidade que foi crescendo, virou uma vila e depois um povoado. Sobre a sede da fazenda foi construída a Igreja de Santa Úrsula. Em seu interior, a imagem da santa das virgens, flechada, vestida com uma coroa, um arminho alinhado à capa, uma cruz e a palma do martírio. Na base, um navio e um grupo de peregrinos com uma bandeira nas cores branca e vermelha.

Na lenda da Bretanha - e não do Povoado das Onze Mil Virgens – a beata Úrsula preferiu a morte a se casar com Átila, o rei dos hunos. Ao contrário do sepultamento das virgens do Povoado, os restos mortais das onze (mil) virgens da lenda bretã foram enterrados na igreja, ao pé da imagem da santa, tal qual fizeram em Colônia, na Alemanha, cenário de seu martírio, em um local especial denominado de Câmara de Ouro.

O COMPRADOR DE ALMAS E A ORIGEM
DO "OUVIDO DE MERCADOR"

Foi o Comprador de Almas, administrador do povoado, devoto fiel da santa Úrsula, que apresentou um projeto de lei ao Prefeito para que o dia 21 de outubro, data de morte da santa inglesa e do suicídio coletivo das meninas do povoado, se tornasse feriado municipal, em homenagem à santa, que também virou padroeira da comunidade. O projeto contou com apoio de toda a ordem ursulina, da beata Maria do Rosário e do Padre Sizínio.

O Comprador de Almas, fiel depositário e protetor da imagem de Santa Úrsula foi, durante muitos anos, o responsável por escolher os carregadores da santa na procissão. Cargo que considerava, dependendo da ocasião e da situação, muito mais importante que a função de Administrador do Povoado. Se não fosse pelo fato deste posto colocá-lo em contato direto com o Prefeito de Vila Bela, sem dúvida já o teria abandonado. O Prefeito, um eterno charreteiro, que vivia constantemente em campanha, sempre se deixava levar pela conversa do Administrador. Se havia uma coisa que ele, o Comprador de Almas, sabia fazer melhor do que ninguém era falar. Sua retórica, bem empregada, conquistava. O camarada sabia armar um laço bem feito e persuadia qualquer cidadão.

"Comprador de Almas" foi um apelido escolhido pela beata Maria do Rosário. Ela decidiu chamar o administrador daquela maneira depois que percebeu que antes de dizer sim ou não, ou antes mesmo de dar uma opinião sobre um determinado assunto, o administrador contava primeiro uma história. Eram muitas palavras para pouco caso. O homem não sabia resumir o pensamento. Jogava, no jargão popular, muita conversa fora. Pensava em mil projetos, apontava mil soluções, mas não conseguia resolver nada.

Dias antes da Festa do Pato, a principal comemoração de largo do Povoado, o Prefeito solicitou a presença do Administrador no gabinete. Ele pegou o primeiro ônibus que saiu da comunidade, por volta das cinco da manhã, e partiu para Vila Bela. Embaixo do braço o projeto da festa, com números redondos do orçamento, bem abaixo do custo real do evento e detalhes da decoração. O restante dos recursos garantiu ao Prefeito que arrecadaria com os comerciantes e moradores do local.

Uma hora e meia depois já estava subindo, mesmo com dificuldade por causa de um sério problema no joelho, as escadarias da prefeitura. O Prefeito chegou quase cinco horas atrasado, beijando todo mundo. Do segurança à zeladora, da secretária ao auxiliar administrativo, ele não escolhia sexo, raça, cor ou religião. Se tivesse uma vivalma na sua frente, beijava no rosto, na testa, nas mãos, no nariz e se deixassem até na boca. O beijoqueiro de sorriso no rosto esbanjava simpatia. Na audiência com o Administrador do Povoado, depois de ouvir atentamente toda a proposta o

Prefeito questionou:

- E vai dar certo mesmo?

- Claro que vai. O senhor contrata umas bandinhas locais, dá uma mixaria para cada uma, enfeita o povoado com bandeirolas, solta um monte de fogos, depois distribui um monte de cestas básicas na Rua das Putas Tristes, dizia o Administrador.

- E ainda tem puta nesta rua? – Perguntou mostrando todos os dentes, como que estivesse interessado.

- Só as velhas! – Riu. O Prefeito também.

- Neste mesmo dia o senhor assina o decreto do feriado da padroeira. Prosseguiu.

- A ideia é boa. Mas o povo quer calçamento, saneamento, escola, posto de saúde funcionando... Alertava o Prefeito.

- A gente sabe disso. Mas se tem pão e circo, em época de eleição, engana qualquer cidadão! Gargalhou. E acabou convencendo o chefe do executivo que, ao abrir as pernas por baixo da mesa, para se espreguiçar, chutou com o pé direito, involuntariamente, o joelho doente do Comprador. Demas – verdadeiro nome de batismo do Administrador do Povoado – fechou ligeiramente os olhos sentindo muita dor. O Prefeito se desculpou, mas já era tarde. O joelho queimava e pulsava ao mesmo tempo. Demas se levantou com dificuldade, respirando fundo.

- Procura o doutor Bandeirante, urgente! Ele vai dar um jeito nesse negócio aí. Orientou enquanto ordenava à secretária que entrasse o próximo. O Administrador balançou a cabeça concordando. Antes mesmo de o Comprador de Almas sair, a nova Diretora de Cultura entrou na sala. Os dois foram apresentados ligeiramente, sem muita cerimônia.

- Demas, essa é a professora de piano do meu filho. Convidei ela para ser a Diretora de Cultura de Vila Bela, o que acha? Questionou o Prefeito.

A nova Diretora de Cultura esboçou um sorriso em seus lábios, de cantos pendentes, já afinados, e estendeu a mão direita para ser cumprimentada. Demas, com o joelho sorumbático, só pensava agora como faria para descer aqueles mais de cento e cinquenta degraus do primeiro andar do gabinete do Prefeito, já que o elevador não funcionava há três semanas. Antes mesmo de retribuir a saudação, perguntou com a voz meio engasgada, num misto de dor e despeito:

- Você não é a esposa do Presidente da Câmara de Vereadores?

- Sim! Geraldinho é meu marido. Novo sorriso. Desta vez mais longo e confiante.

- Parabéns! Retorquiu.

O Prefeito olhou de esguelha para o Administrador do Povoado como que tivesse percebido um certo ciúme do outro naquela indicação. De fato, Demas já havia dito que queria estar mais perto do governo. De preferência ao lado do Chefe do Executivo. Só que no quesito indicação política, Demas não conseguia seduzir o Prefeito. O chefe sempre saía com a frase:

-Você é minha boca e meus olhos no povoado!

Ele saiu da sala revoltado, dizendo para si mesmo, mentalmente, que havia sido traído pelo beijoqueiro. Esqueceu até de se despedir da secretária do Prefeito e de sentir o joelho magoado quando começou descer as escadas. No dia anterior discutira com a Professora de Canto no meio da rua. Ficou furioso quando a docente lhe deu as costas e se afastou, deixando-o *"latindo feito cachorro no portão"*. Se havia uma coisa que deixava o Comprador de Almas mordido, era deixar ele falando sozinho. Aquele tipo de comportamento de outrem era motivo para Demas ficar uma semana com raiva.

Quando jovem, Demas participou de meias maratonas na capital e em outros estados. Treinava de cinco a seis vezes por semana, seis a oito horas por dia, correndo entre 160 km a 180 km. Começava com treinos leves de rodagem, em ritmo bastante confortável, depois partia para um treino de velocidade, seguido de um treino mais longo. Por fim, voltava para um treino leve, regenerativo, sempre um dia depois de um longo treino. Na juventude, recebeu todo o apoio da família, o pai financiava as corridas e ainda mantinha um treinador particular para auxiliar. Infelizmente, nunca venceu uma maratona. O máximo que conseguiu chegar nas competições profissionais foi em terceiro lugar. No Povoado, ainda jovem, era o ídolo das adolescentes, embora já tivesse a fama de tagarela. Margarida, sua primeira paixão, dizia que Demas era melhor de boca fechada.

- Até na hora do sexo, o homem fala pelos cotovelos. A gente se desconcentra. É um horror! Confessou Margarida a uma amiga.

Foi numa destas competições que machucou o joelho após um tombo. Desde então, a dor no joelho era para ele como um espinho na carne, que o atormentava noite e dia. O Profeta, um andarilho que circulava pelo povoado na primavera, dizia que:

- O espinho queria ensiná-lo a ser mais humilde, mas a dor o deixava mais estúpido. Enquanto o Comprador de Almas não entendesse o propósito Divino estaria fadado ao sofrimento, sentenciava o Profeta. Demas fazia "ouvido de mercador". Sequer se sentava para ouvir o andarilho.

Em tempo, conta-se que a expressão "ouvido de mercador" se originou de seu Malquias Amzalag, o pai dele. O primeiro comerciante de pedras preciosas da Província de Vila Bela. Era, como a própria origem do sobrenome judaico-espanhol revela, um joalheiro. Foi, durante muitos anos, um dos homens mais prósperos da Província. Seus preços assustavam os clientes e quando estes pechinchavam, seu Malquias Amzalag fingia não ouvir. Daí a expressão: "ouvido de mercador".

Mesmo no período em que a crise tomou conta da região vilabelense, o comerciante não baixou os preços. A mercadoria acumulada lhe rendeu um prejuízo colossal. Quando faliu, o joalheiro enterrou tudo que sobrou, um verdadeiro tesouro, num povoado distante, onde costumava passar os fins-de-semana com a família. O Comprador de Almas desmentia este caso. Dizia que tudo não passava de uma lenda. Mestre Virgílio, que na época foi empregado do joalheiro, confirmou a história. E, muitos outros moradores do povoado acreditavam que o tesouro estava escondido em algum pedaço de Onze Mil Virgens. No entanto, Mestre Virgílio ficou em silêncio sobre o assunto por muito tempo. Ele e o Comprador de Almas não se falavam. O velho e sua família sofreram o pão que o diabo amassou quando o pai do Comprador de Almas faleceu.

A dor começou na parte anterior do joelho do Comprador de Almas, depois mudou de lado. Um médico da capital disse que era um distúrbio do tecido conjuntivo, outro apresentou um diagnóstico de artrite reumatoide e um terceiro profissional afirmou que houve um rompimento do ligamento. No entanto, o doutor Bandeirante, quarto avaliador do problema, recomendou tratamento em São Paulo, porque desconfiava de uma doença do joelho chamada *Osgood-Schlatter*. O médico chegou a esta conclusão depois de examinar o histórico familiar de saúde e por conhecer bem, desde criança, o Comprador de Almas, agora um quinquagenário.

- Você correu muito na infância, Demas. Era um menino inquieto! Lembro que seu pai lhe trouxe aqui uma vez porque você caiu de uma árvore e machucou o joelho.

Você reclamava muito da dor e o joelho estava bastante inchado. Depois melhorou. Recordava o médico.

- Bastante repouso e uns analgésicos resolvem o problema. E o que causa esta doença osgood... Isso é um mal de família, meu amigo. Você deve, provavelmente, ter herdado de seu pai ou de seu avô, disse o médico.

- Vai atingir o outro joelho também? Demas arregalou os olhos.

- Não. Garantiu o doutor Bandeirante.

E o Comprador de Almas saiu do consultório naquele dia com o objetivo de cumprir rigorosamente o repouso e tomar toda a medicação receitada pelo médico. Por um tempo, a dor se foi. Mas voltava. E só voltava às vésperas das comemorações do evento mais esperado do ano, a Festa do Pato. O chute involuntário do Prefeito piorou ainda mais. O jeito seria tomar analgésicos para aguentar a correria na comunidade e convencer os comerciantes a contribuir com o evento.

Quando descia lentamente a escadaria da prefeitura, sentiu de súbito, uma dormência nos dedos das mãos. Ao abri-las na direção do rosto, percebeu que os dedos ficaram pálidos, como se o sangue tivesse fugido das mãos. As pernas tremeram e ele não conseguiu ficar de pé. O mal-estar veio acompanhado de falta de ar, quando o Comprador de Almas caiu pesadamente ao chão. A única coisa de que se lembrou, quando acordou mais tarde no hospital, foi do berro desesperado da secretária do Prefeito pedindo socorro.

A MULHER DA BUNDA GRANDE E O MENINO QUE ENTENDIA DE VIOLONCELO

Berenice Tanajura fazia jus ao seu sobrenome. Suas nádegas chegavam a um tamanho descomunal. Eram duas vezes maiores que o maior círculo da bacia de dona Augusta, a lavadeira mais velha do povoado. Parece mentira, mas se tivéssemos que escolher qual a maior circunferência entre um tanque de quinhentos litros e a bunda de Berenice, ela venceria brincando. A natureza foi realmente generosa com aquelas nádegas que hipnotizavam uma rua inteira. Uns para admirar, outros para fazer piada e outros ainda para desdenhar da mulher da bunda grande.

E quem disse que Berenice Tanajura se ofendia com isso? Saiu mostrando para todos os seus alunos de canto os versos que um cordelista criou sobre seu abençoado traseiro. Riu, com a turma, a cada estrofe que lia. O escritor e poeta Zé Domingos, nas feiras de sábado, vendia cordel de montão quando o assunto era a bunda da professora. Ela já estava pensando até em cobrar direitos autorais.

Há neste mundo uma bunda
Que começa no Everest
E toda terra circunda
Lá no Sul até o Nordeste
Atravessando o planeta
Que do mar faz uma saia
Bunda redonda e completa
Que termina no Himalaia

Um dia, descendo a Ladeira da Gameleira, ouviu um daqueles meninos que jogavam bolinha de gude gritar:

-Já vai a mulher do rabecão!

A professora estacou e, abruptamente, mudou de direção, empinou o nariz arredondado para frente, levantou ainda mais o bumbum, abriu os antebraços e partiu requebrando tão rápido na direção do grupo de meninos que eles não tiveram tempo de escapar. Berenice parecia um ganso em terra firme. A cabeça esticada na dianteira, a bunda empinada para trás, balançando que nem bebê quando quer dizer "não".

Aquela cena chamou a atenção dos passantes. A bodegueira dos Secos e Molhados, que subia a ladeira, achou que Berenice daria uns cascudos nos meninos. O Comprador de Almas percebeu que seria a oportunidade certa para enquadrar Berenice, já que os dois já haviam discutido antes sobre a placa de anúncio do curso dela na calçada. Ao mínimo sinal de violência contra as crianças, o administrador estava pronto para usar seu poder e influência junto ao subdelegado de polícia e daria, sem pestanejar, uma queixa de maus tratos contra os moleques. Era a oportunidade de que necessitava para desmoralizar a professora, já que ela o deixara *"latindo feito cachorro no portão".*

Qualquer acontecimento no povoado era motivo suficiente para encher a rua de gente. Até no dia em que Bodão, um cão da raça *shar-pei*, de quase trinta quilos, de peito largo e profundo - aquele tipo de cachorro que tem a cauda parecida com um saca-rolhas de anel duplo e rugas bem à vista na testa – pegou a pobre Lulu – uma *poodle* de pelagem cacheada, preta, olhos grandes espevitados e focinho curto – na frente de dona Janina, sua tutora. O *shar-pei* sentiu o cheiro do cio há cem metros de distância, pulou a janela dos Irmãos Silva, atravessou a Rua Direita Baixa, passou que nem bala pela Casa de Passagem das freiras, e cruzou com a pequena *Poodle* em questão de segundos, bem na frente da Igreja de Santa Úrsula.

Ao ver Lulu com as pernas traseiras suspensas, gemendo de dor, dona Janina tentou separar. O movimento desesperado da mulher, assustou o *shar-pei* que saiu em disparada, na direção de casa, arrastando Lulu pela rua. Dona Janina berrava, gritava por socorro, pedia para acudirem a pobre Lulu. Apareceram mais cachorros de todas as direções fazendo a maior algazarra, todos querendo uma oportunidade com a cadela. Os meninos jogaram água para tentar apartar os dois; outros arremessaram vassouras. Seu Ananias ainda tentou segurar nas orelhas de Bodão, mas ele escapuliu. Quando os irmãos Silva, donos do *shar-pei* apareceram na porta de casa para ver o que estava acontecendo, Bodão pulou pela janela adentro, fazendo com que Lulu caísse esmorecida no chão com uma séria ruptura vaginal. A ignorância da população quase deixou aleijados os animais. Bodão, por pouco, não fraturou o pênis. Naquele alvoroço poucos ouviram quando uma mulher gritou que não separassem os bichinhos.

Dona Janina, uma santarrona, mulher de boca-suja, disse tanto palavrão aos Silva que eles, simplesmente, de forma coreografada, dobraram os braços, cada um, em formato de "L", com a palma da mão fechada apontando para cima, enquanto a outra mão agarrava o bíceps do braço dobrado, e o antebraço dobrado era levantado na vertical com ênfase. Em suma, deram uma banana bem grande!

Dona Janina foi à loucura! Se sentiu tão ofendida que até praga jogou sobre os irmãos. O xingamento só não foi maior e mais demorado, porque São Pedro, lá do firmamento, se sentiu tão envergonhado que choveu demasiadamente naquele dia para lavar a atmosfera carregada daqueles palavrões. Berenice de Tanajura foi testemunha do *shar-pei* tarado. No fim de tarde daquela sexta-feira, ela tomava um sorvete de bacon com flocos de chocolate na praça, quando os bichinhos passaram grudados que nem carrapicho. Pior até do que sal empapado quando gruda no fundo do saleiro.

Ao se aproximar daquele jeito, pisando firme, na direção das crianças, notou que seu comportamento chamou a atenção de quem estava perto. Quando, por fim, se posicionou em frente aos garotos, todos estupefatos, com olhos esbugalhados e boca aberta, ela fitou longamente os olhos deles e disse:

- Sou rabecão e não abro mão! E gargalhou alto.

Depois deu uma aula de autoestima e perguntou se eles sabiam o que era um rabecão. Samuel, o mais novo, respondeu que era como eles chamavam o caminhãozinho da funerária e o mais velho disse que era um aparelho da família dos instrumentos de corda chamado de violoncelo. E que somente naquele século o nome violoncelo foi inserido na língua portuguesa. Disse ainda que os músicos também chamavam o violoncelo de *"Dentes de Cavalo"*. Só não soube explicar o porquê. E, finalmente acrescentou que algum tempo depois o violoncelo passou a ser tratado como um instrumento solista e não somente como mais um instrumento de cordas. O tampo do violoncelo, de contorno arqueado, era igualzinho ao formato da bunda da Professora de Canto. Berenice ficou encantada com o esclarecimento do garoto. Quis saber seu nome.

- Bituca! Exclamou cheio de orgulho.

- Bituca é apelido! Quero saber seu nome de batismo. Insistiu ela.

- Milton Nascimento. Disse, estufando o peito.

- Prazer, Milton! Eu sou Berenice Tanajura, a professora do Rabecão!

Os meninos começaram a rir. Berenice de Tanajura ainda contou mais algumas piadas sobre suas nádegas, como a vez em que perdeu seu *pug* – um cãozinho pequeno e atarracado, de cabeça grande, focinho curto e quadrado – no sofá, e que a única coisa de que lembrava era de ter sentado no móvel da sala.

- E ele foi parar aonde? Perguntou o menino mais novo. Os outros se jogaram no chão empoeirado de tanto rir. Claro que era uma brincadeira da professora.

O clima descontraído afastou o Comprador de Almas que nem um bufão, quando viu que não teria nenhuma chance ali de constranger Berenice. Os demais curiosos também foram se afastando, enquanto a jovem professora de canto pulava e brincava com as crianças. Ela jogou bolinha de gude, pulou amarelinha, fez mímica, apostou corrida, brincou de morto e vivo, de estátua, e de quem dava a gargalhada mais alta da rua. Esta última nenhum menino venceu. E ela voltou para casa regozijada, saltitante, sentindo-se afortunada, acompanhada por uma molecada excitada de meninos espevitados gritando em uma só voz, como o coral da Igreja da Matriz:

- Rabecão! Rabecão! Rabecão!

A VOLTA DO PROFETA

Matusalém, filho de Enoque, ficou famoso por ser o homem que mais viveu neste mundo. A Bíblia diz que ele viveu novecentos e sessenta e nove anos. Matusalém também era o nome de batismo do andarilho mais célebre de toda a província de Vila Bela, "o Profeta". Ele passava três estações longe do povoado. Corria o estado inteiro, segundo a lenda, desde a época da capitania, pregando o Evangelho de Cristo.

Na Primavera chegava com sua vara de peroba-rosa, encontrada numa de suas andanças pelo mundo. Ele mesmo afirmava ser *"a vara de Arão"* que brotou botões, flores e amêndoas maduras no tempo de Moisés. A vara tinha sido criada pelo próprio Deus e dada a Adão quando ele foi expulso do Paraíso. Na vara estava escrito *Yahweh*, o Nome de Deus! Depois de ter passado pelas mãos de Sem, Enoque, Abraão, Isaque, Jacó, José e o próprio Moisés, agora estava sob seus cuidados, até que florescesse outra vez como sinal do fim dos tempos.

O Profeta vestia uma túnica longa, remendada, de cor marrom, em formato de cruz, com capuz bruto e um cordão de lã branca com três nós, encardido pela poeira da estrada, que substituía o cinto de couro na cintura, para que se cumprisse o mandamento de Cristo aos seus apóstolos:

-Não possuais ouro, nem prata, nem cobre, em vossos cintos. O cordão não podia tocar a terra – o mais humilde dos elementos.

Os três nós dados no cordão era para que o servo não esquecesse dos três votos impostos pela religião: obediência, castidade e pobreza.

Apesar de se vestir como franciscano, o Profeta dizia ser apenas um servo do Deus Altíssimo. Andava descalço, mas, naquele ano, quando entrou no povoado, usava uma sandália feita de couro de cabra e uma sola alta de madeira. Alguns moradores fizeram questão de falar do calçado nos pés do Profeta quando ele desceu a Ladeira da Gameleira, subiu a Rua Direita de Cima e partiu na direção da Praça da Matriz. Os diz-que-diz, como o Comprador de Almas e Isaura Cornejo, afirmaram que ouviram do Profeta que ele queria esconder as faixas ensanguentadas das longas caminhadas e as cicatrizes dos pés. Os irmãos Silva e o ferreiro Lameque concordaram com eles e passaram a compartilhar desta conjectura. Foi preciso Seu Ananias e a beata Maria do Rosário explicarem, de uma vez por todas, as razões que levaram o Profeta a chegar calçado na Primavera.

O fato é que, não se falava outra coisa no Povoado que não fosse as sandálias do Profeta. Todos se reuniram na Mercearia Secos e Molhados, de onde se tinha uma visão privilegiada da Praça da Matriz.

- Vai lá um de vocês perguntar a ele! Gritou Labão, enquanto sorvia um copo de aguardente na bodega de dona Ruth.

- Vai você! Replicou um dos irmãos Silva, João.

- Vai me pagar quanto? Se me der dez mil cruzeiros

eu vou . Devolveu Labão.

Isaura Cornejo entrou na conversa com voz altiva:

- Eu não sei que medo é esse que vocês têm de Matusalém. É só um pobre coitado que deve estar com os pés em carne viva e agora resolveu usar tamanco.

- Então vai lá, Isaura. Fala com ele e acaba logo de vez com essa nossa curiosidade. Vai que o Profeta lhe diz! Encorajou Juarez, o irmão mais velho de João.

Isaura Cornejo se esquivou e foi logo saindo:

- Agora não posso. Meu marido está em casa me esperando. Declarou, ao mesmo tempo em que comprava um quilo de feijão na mercearia.

Seu Ananias, que observava tudo atentamente, inclusive o comportamento dos fregueses de dona Ruth, conhecia de perto aquela preocupação de Isaura e dos demais. Falar com o Profeta era como ir a uma quiromante. Só que o andarilho lhe dizia tudo que sabia, antes mesmo do outro abrir a boca. Ao contrário da quiromante, que esperava primeiro o aflito confessar as razões que o levaram até ela. Maria do Rosário afirmava que a profecia vinha de Deus e que Matusalém era o profeta Dele no Povoado das Onze Mil Virgens.

Em se tratando de saber das coisas, Seu Ananias não chegava nem perto do nonagenário Matusalém. Se para Isaura Cornejo, *"o homem que tudo vê"* sabia dos fatos porque tinha parte com o capeta, que se diria do Profeta que podia prever o futuro? Saber do ir e vir dos moradores do Povoado era sinônimo de mexeriqueiro, *"de gente que não tinha muito o que fazer, por isso bisbilhotava a vida dos outros, procurando informações de assuntos que não lhe dizem respeito"*, declarava a beata com um olhar reprovador em Seu Ananias.

- É costume na religião de que ele faz parte... sempre andar descalço. Seu Ananias abriu a boca pausadamente. Todos se viraram para ele.

Maria do Rosário interrompeu, complementando:

- Conforme o mandamento de Jesus: *"Não usem sandálias..."*

- É verdade. Concordou o velho, para em seguida explicar:

- Somente nos dois últimos anos da sua vida o franciscano deve usar sandálias, para esconder as marcas dos pés. As cicatrizes que ele adquiriu ao longo dos anos.

Isaura Cornejo disparou:

- Eu não falei?

Maria do Rosário acrescentou:

- Em Roma, onde estudei por muitos anos, homens como Matusalém são conhecidos como "observantes[3]".

- Então deve ser por isso que todos os anos ele volta para observar a gente. Disse Juarez sério, arqueando as sobrancelhas.

- Peraí, - Labão deu um pulo – se o Profeta, que vem uma estação por ano é um observante, Seu Ananias que está aqui conosco todas as estações do ano é chamado de quê?

---

3 Na Itália, os "observantes" são chamados também de Zoccolanti (N.A.).

A resposta veio em coro:

- Fofoqueiro!

E todos caíram na gargalhada. Até Seu Ananias entrou na brincadeira, para em seguida fazer uma revelação, com ar bastante circunspecto:

- A revoada das cotovias durante a passagem dos peixes-voadores era o sinal da volta do Profeta.

- O que tem a ver cotovia com profeta? Foi pura coincidência. Desdenhava Labão.

Seu Ananias continuou:

- A cotovia era o pássaro preferido de São Francisco de Assis. O Profeta é um seguidor dele, portanto é um franciscano.

- E isso tudo é bom ou é ruim? Quis saber dona Ruth.

A beata Maria do Rosário fez a leitura da intenção do velho Ananias. Foi ela quem respondeu à inquietação da bodegueira:

- Se levarmos em consideração que o Profeta chegou quatro dias antes do início da primavera, eu diria que não é um bom sinal. Ele tem pressa. Declarou a beata.

- Pressa de quê?! Interrogaram em coro.

- De anunciar quem será o próximo a ser dispensado no Monte da Febre.

E todos recordaram que a volta do Profeta era sinônimo de más notícias. Toda Primavera ele dizia quem seria o próximo morador eterno do campo santo do Povoado das Onze Mil Virgens.

O MESTRE VIRGÍLIO, O MENINO VITALINO
E O TESOURO DE MALQUIAS AMZALAG

Está escrito que para tudo há uma ocasião, e um tempo para cada propósito debaixo do céu. Naquela manhã do advento da fabulosa migração dos peixes-voadores sobre o Povoado das Onze Mil Virgens, a ocasião e o tempo para Mestre Virgílio haviam chegado. Durante anos, guardou consigo um segredo. Dentro do colchão de capim, longe dos olhares curiosos dos filhos, netos e da própria esposa, que já havia partido há três anos, escondeu um mapa e, simplesmente, esqueceu. Nele, em hebraico, havia a localização de um tesouro. Joias, moedas e diversos artefatos de ouro e prata foram guardados pelo mercador, seu antigo empregador, nos anos de ouro de sua juventude, na capitania.

O mercador lhe confidenciou o intento. Seu desejo seria esconder um grande tesouro para que, no futuro, pudesse usufruir com os filhos. Caso não vivesse até a velhice, deixaria instruções para que os herdeiros pudessem encontrá-lo. O mercador não confiava em bancos, muito menos em loja de penhores. Guardou o segredo até da própria companheira.

Um dia, ao abrir a loja, Virgílio de Jesus deparou com várias prateleiras vazias. Pensou ter havido um grande roubo na joalheria. Quase entrou em desespero. Todavia, para sua surpresa, quando o mercador chegou, sorriu maravilhado. Disse para Virgílio que fecharia a loja, pois estava cansado do comércio e iria embora da capitania com a família. Talvez fosse morar nos arredores da floresta amazônica ou no centro em expansão da capital paulista, onde pudesse criar os filhos com dignidade.

- Mas o senhor não disse que fecharia a loja! Contestou o outro.

- Mudei de ideia! Cansei desta vida de joalheiro! Vou embora. Disse o mercador determinado.

- O que o senhor fez com a mercadoria? Indagou atônito.

- Enterrei! Tenho o suficiente para a viagem. Um dia eu volto para buscar o resto. Confessou.

A princípio, Virgílio pensou que o mercador estivesse brincando. Depois, se lembrou da ideia surreal do judeu. Só acreditou mesmo que aquela situação era real quando foi dispensado pelo mercador, do mesmo jeito em que os açougueiros dispensavam as tripas de porco no mercado municipal. Seu semblante desabou. Aquele trabalho era o sustento de sua família. O pouco que recebia era o suficiente para sustentar os cinco filhos. Quem iria empregar um preto, beirando os quarenta anos, naquela sociedade que havia abolido a escravidão há pouco tempo?

- Pode ir embora. Não preciso mais de você. E estendeu um envelope branco. Dentro dele uma Carta de Recomendação com os dizeres:

A quem interessar possa.

Entregou a carta para ele dizendo:

– Esta carta pode te ajudar a encontrar um outro trabalho. Só faço isso porque é por você, hein! Ironizou. O tempo que você trabalhou aqui, são os tempos que eu te paguei. Portanto, não te devo nada. E deu as costas para o outro.

Os olhos de Virgílio lacrimejaram. Malquias Amzalag ergueu aquelas proeminentes sobrancelhas que mais pareciam duas enormes lagartas de fogo, por cima daqueles esbugalhados olhos castanhos, deu de ombros, como se aquela escusa fosse a coisa mais comum do mundo. Enxotou Virgílio, cerrou as portas da joalheria e partiu para atravessar a Avenida Principal.

Virgílio de Jesus ficou um tempo ali, parado, sem saber o que fazer. A única imagem que lhe abarrotava os pensamentos trazia sua mulher e seus cinco filhos abandonados, esquálidos, costelas à mostra, rostos comprimidos, olhos encovados, pernas e abdomens inchados, cada um com uma cuia na mão implorando por comida. Uma visão horrenda de um destino quase certo, naquele período de miséria, fome e falta de trabalho. Virgílio, de nariz delgado e corpo esguio, alto, cabelos encrespados, mãos cumpridas não teve mais tempo de sequer correr até o meio da Avenida Central quando viu o mercador ser atropelado por um daqueles caminhões carregados de verduras e aves.

- Meu Deus! Lamentou Virgílio. Se tivesse as pernas mais compridas, os passos mais largos, talvez desse tempo de salvar o outro. Mas como, se entrementes, seus pensamentos voltavam-se para as pessoas que mais amava no mundo, seus filhos e sua mulher?

Quando se aproximou de Malquias Amzalag, seu corpo estendido no chão enlameado da Avenida Central, mais lembrava um daquelas marionetes de feira, com braços e pernas, se entrelaçando, e sangue jorrando para tudo que era lado. A lama cobria metade do rosto do peito do mercador, misturando-se com o vermelho-sangue que saía de suas entranhas. Ao ver Virgílio, estendeu-lhe, com dificuldades, a mão esquerda, trêmula e suja. Entre os dedos um outro envelope, pequeno, dobrado, manchado de sangue. Virgílio segurou a mão do outro com a mão direita e com a esquerda escondeu o envelope no bolso da calça. Sentindo que o mercador queria falar-lhe, agachou-se à altura de seu rosto, o suficiente para que Malquias Amzalag sussurrasse as últimas palavras. Ninguém mais, além de Virgílio, ouviu o que mercador lhe falou.

Dias depois, os Homens do Mato bateram a sua porta. Apesar da denominação "Homens do Mato" ter sido extinta a quase dezoito anos, os vilabelenses ainda denominavam assim o Corpo de Polícia. Eles entraram na casa dele sem pedir autorização, derrubando tudo que encontraram pelo caminho. Virgílio foi abatido e enlaçado como um vitelo, na frente dos filhos. Sua mulher ainda tentou impedir, mas foi covardemente agredida pelos militares. A mulher e o filho mais velho do mercador acusaram-no de ter roubado toda a mercadoria de Malquias Amzalag. Não houve julgamento. Virgílio foi encarcerado sem o direito de defesa.

No dia em que Virgílio foi preso, morreu o 3º. Presidente do Brasil, Prudente de Morais, representante da ascensão oligárquica cafeicultora e dos políticos civis. Com a decadência das lavouras tradicionais de açúcar, tabaco e algodão, o café se espalhou por várias regiões do Brasil, inclusive na centenária província de Vila Bela. Virgílio foi trabalhador desta lavoura e estava no dia em que o presidente, viajando pelo Brasil, com destino ao Rio Grande do Sul, para anistiar os rebeldes da Revolução Federalista, mudou a rota para conhecer as plantações dos cafeicultores da província vilabelense. Virgílio lembrava com orgulho desse dia, não só pelo fato de ter ajudado o presidente a descer do cavalo, na fazenda, mas porque admirava aquele homem da diplomacia, capaz de mediar e resolver os mais complicados conflitos nacionais sem precisar dar um único tiro. Prudente de Morais também ficou famoso por ter sido alvo de um atentado contra a sua vida, um ano antes de sua chegada à Vila Bela. A notícia correu o país.

Virgílio de Jesus, no cárcere, apanhou dia e noite. Foi torturado, forçado a confessar um crime que não havia cometido. Contou a história do patrão e do que Malquias Amzalag havia feito com a mercadoria. Falou ainda do mapa. Os Homens do Mato riram, admirados daquela engenhosa desculpa. Quando perceberam que ele não confessaria, jogaram-no em um buraco, num despovoado da mata, onde os Homens do Mato costumavam eliminar certos presos. Ele permaneceu, nu, com sede, frio e fome, durante três dias.

Na manhã do quarto dia, encontraram ele tremendo. Tiraram-no do buraco e trouxeram novamente para a cadeia. No trajeto, os policiais cogitaram abandoná-lo ali mesmo. Porquanto ainda acreditavam que Virgílio entregaria o local em que escondeu as joias do mercador. Após tê-lo trancafiado, os Homens do Mato foram surpreendidos com a notícia de que o Paraguai intentava novamente invadir Vila Bela e provocar uma nova guerra contra o Brasil. Diante da ameaça, todos os policiais foram convocados pelo Presidente da Província e os presos foram transferidos para outra cadeia. A prioridade era proteger a fronteira e impedir um novo conflito.

Enquanto o Corpo de Polícia e toda a força militar se empenhava em proteger a província de uma nova ameaça, uma jovem senhora, com cinco filhos pequenos, percorria as cadeias públicas vilabelenses à procura do marido. Ela o encontrou meses depois, no meio de outros detentos, encarcerados injustamente. Jurou que ajudaria o esposo e que não desistiria enquanto não tirasse ele dali. E o assim o fez.

Dona Imani de Jesus procurou doutor Joaquim Ribeiro, o juiz de paz da província, o homem mais arbitrário de Vila Bela. O homem tinha influência entre a maioria dos cidadãos do lugar; era o mais temido pelo corpo policial e capaz de interferir no processo político do estado. Contava com uma relação extensa entre os antigos senhores de engenho, influenciava os cargos políticos da Câmara de Vereadores e a grande maioria das escravarias, embora estas tivessem sido abolidas quatorze anos antes.

Doutor Joaquim Ribeiro orgulhava-se de pertencer à *"aristocracia da terra"*. Um ateu convicto que detinha a fama de justiceiro contra os menos afortunados. Eleito por fazendeiros e latifundiários para atender aos interesses individuais e às famílias destes, dizia que legislava pela e para a fidalguia. Ai de quem o desafiasse maculando seus princípios, deturpando seus ideais. Bacharel de formação, concluiu os estudos pela Faculdade de Direito de São Paulo, mas continuava tocando os negócios do pai na fazenda de café. Sonhava ser Ministro do Supremo Tribunal Federal naqueles anos iniciais da República. Com a tinta rigorosa com a qual decidia suas sentenças, logo-logo sua fama se espalharia pelos quatro cantos do país e seu desejo não tardaria a se realizar. Corria entre os magistrados de paz na capital federal, onde o recém-criado Tribunal do Júri da Comarca de Vila Bela tornara-se modelo de justiça no país.

Dona Imani de Jesus não deu ouvidos ao que disseram do doutor Joaquim Ribeiro. Nem sequer lhe passou pela cabeça que ele podia encarcerá-la, unicamente pelo fato de lhe dirigir a palavra. Não deixaram que ela entrasse no Tribunal, nem concederam nenhuma audiência com o dito juiz. Ela não recuou. Nem tampouco se deixou vencer pelas barreiras que lhe impuseram. Descobriu o endereço do juiz com a ajuda de alguns poucos amigos. Caminhou três léguas até sua residência e aguardou, pacientemente, a saída do doutor Joaquim Ribeiro de casa para o trabalho. Quando ele pôs os pés na calçada, se aproximou por trás dizendo:

- Doutor, faz justiça com meu marido, pelo amor de Deus!

O juiz continuou andando, sem dar nenhuma atenção ao apelo. Não olhou para a retaguarda, apenas a ignorou.

No dia seguinte, bem cedo, lá estava ela novamente. Ao vê-lo sair, correu ao seu encontro e repetiu a solicitação. O juiz pensou que se tratasse de uma louca e a ameaçou. Depois, acelerou os passos e não respondeu nada outra vez.

Quatro dias depois, já prevendo o aparecimento da mulher, o magistrado adiantou as passadas, enquanto ela, amiúde, implorava pela inocência do marido, desejosa de ver sua causa julgada honestamente. O juiz de paz estacou. Era uma figura pesada e sem elegância, de cara amarrada, que relanceava de quando em quando para dona Imani, por baixo daquelas sobrancelhas volumosas. Ele aspirou ruidosamente pelo nariz, como se quisesse adverti-la. A mulher estava a quatro passos atrás, desolada. Não disse nada e foi embora.

No décimo quinto dia, ao vê-la no portão, chamou os empregados e ordenou que a levassem dali. Seus gritos clamavam por misericórdia e atenção. Tudo que ela queria era apenas um minuto para que ele pudesse resolver seu problema. Na cidade, todos já sabiam da mulher do prisioneiro que fora preso sem julgamento e os cidadãos vilabelenses, mais condoídos, já começavam a falar de sua frieza e absoluta falta de compaixão. Foi, pouco a pouco, perdendo a popularidade. Já não gozava de tanto prestígio na sociedade. Poucos o cumprimentavam na rua. Os cochichos se estendiam e, cedo ou tarde, chegariam na capital. Incomodado com o falatório, inclusive de opositores na Câmara Municipal, e preocupado com a próxima eleição, o juiz iníquo, pensando em si mesmo e querendo se livrar daquela mulher, resolveu atendê-la. Ouviu o pedido de dona Imani, ali mesmo, no meio da rua e prometeu julgar a causa de Virgílio de Jesus.

O processo foi posto, Virgílio de Jesus foi a julgamento. Mas o juiz o considerou culpado pelo sumiço das joias da família do mercador. Doutor Joaquim Ribeiro condenou o pobre homem a nove anos e nove meses de prisão. No julgamento, a acusação apresentou provas de que Virgílio de Jesus sabia do desaparecimento da mercadoria e, indiretamente, também seria o responsável pela morte de Malquias Amzalag. Afinal, quando o joalheiro chegou ao seu estabelecimento e viu que havia sido roubado, se apavorou e atravessou a Avenida Central entontecido, vindo a ser atropelado e morto.

No período em que passou na prisão, desenvolveu habilidades de um artífice. O talento se revelou no dia em que observou um menino brincando com o barro, no pátio de banho de sol dos detentos, num dia nublado de domingo, o dia oficial das visitas. A criança havia viajado com o pai de muito longe, de uma região chamada Ribeira dos Campos, perto da cidade de Caruaru, para visitar e conhecer o tio preso. Virgílio se aproximou da família e fez amizade com o pai da criança e com o tio. Ficou encantado com a peça que o menino criava, manipulando o barro com jeito.

- Bonito, seu bonequinho... disse, tentando puxar conversa com o garoto.

- Não é um bonequinho, é um boi. Rebateu o menino, enquanto lapidava os chifres do animal com a água da poça da chuva.

O pai, orgulhoso, entrou na conversa:

- Esse menino sabe é coisa. Outro dia ele fez um cavalo marinho igualzinho aos do mar. Esboçou um largo sorriso. Quando crescer vai ajudar a mãe a fazer panelas para vender na feira. E antes mesmo que Virgílio fizesse qualquer outra pergunta acrescentou:

- O nome dele é Vitalino! Vitalino Pereira dos

Santos. E a criança continuou trabalhando no boizinho.

Um tempo depois, resolveu mexer no barro, durante o período em que ele e os companheiros tomavam banho de sol. Com dificuldade, fez um cavalo, depois um defunto na rede sendo carregado pelos amigos. Pouco a pouco foi se aperfeiçoando. Em menos de um ano, os detentos o apelidaram de *"homem do barro"*. Dois anos depois, alguns carcereiros traziam argila de suas casas para que Virgílio fizesse presépios e cenas do cotidiano, como homens montados a cavalo, animais ferozes, peixes e insetos. O trabalho foi ficando tão bom que os companheiros de cela cotizavam para comprar tinta para colorir as pequenas esculturas. Em contrapartida, Virgílio lhes retribuía com suas criações. No terceiro ano, já dominando por inteiro o novo ofício, o subdelegado o batizou de "Mestre Virgílio", pois, para fazer as obras que ele fazia, só mesmo um mestre de nascença.

Quando saiu da prisão, mudou com a família para o interior. Na bagagem, apenas um colchão de capim, algumas panelas de barro, lençóis e uma botija, presente de casamento de seu avô. Durante cinquenta anos, Virgílio de Jesus achou que havia perdido o mapa. Por diversas vezes tentou convencer a esposa do tesouro escondido. Ela o proibiu de falar naquele assunto enquanto viva estivesse, lembrando-lhe sempre do tormento que ambos passaram. Entretanto, sem o mapa quem acreditaria nele? Sem o mapa o tesouro continuaria sendo uma lenda urbana, uma desculpa esfarrapada de um alforriado que, segundo o júri, roubou uma joalheria e matou o dono.

Agora estava só. Os filhos se casaram e voltaram para a capital. Dona Imani morrera de tuberculose sobre o sovado colchão de capim. Por orientação do pessoal da saúde, todos os objetos que tivessem tido contato com a doente deveriam ser destruídos, se possível queimados. Carregou o colchão com dificuldade até o quintal. Pegou uma faca grande para rasgar o colchão e retirar parte do capim afim de facilitar a queima. De súbito, ao cortar o coxim basteado, caiu um pequeno envelope, amarelado pelo tempo, do interior do colchão. Dentro do envelope, dobrado cuidadosamente em quatro partes, lá estava ele, o maldito mapa do tesouro de Malquias Amzalag, o mercador.

COM A BOCA NA BOTIJA

Durante um tempo, Seu Ananias e Mestre Virgílio dividiram o espaço da carpintaria, em um barraco nos fundos da casa do carpinteiro. O convite partiu de Seu Ananias logo que soube do ofício de Mestre Virgílio. A empatia foi imediata. Fizeram planos, estratégias de vendas e uma forma de expandir suas mercadorias. Além de compartilhar as despesas para manter o espaço. Foi, na linguagem contemporânea de hoje, o primeiro *coworking* que se tem notícia. Todas as manhãs eles se reuniam pensando na melhor tática de vender suas mercadorias e na maneira como podiam criar uma integração entre os dois tipos de trabalho. Criaram uma exposição e uma feira de artesanato, que era montada todo ano durante a Festa do Pato. Definiram que cada peça produzida, de barro ou madeira, seria resultado de uma história a ser contada. Seu Ananias dizia que as pessoas só comprariam as peças da carpintaria, como bancos, móveis, mesas e tigelas, bem como os bonecos e as panelas de barro de Mestre Virgílio se os consumidores se sentissem parte daquelas criações.

A feira de artesanato atraía moradores de todo o povoado. Sobretudo das comunidades mais distantes que viviam à margem do Rio Negro e do Touro Morto. A feira não era somente uma exposição de peças artísticas, era um verdadeiro movimento cultural, embalado pelas histórias e experiências dos dois moradores, homens mais velhos do Povoado das Onze Mil Virgens. Tudo que conseguiam vender na feira, durante os três dias da Festa do Pato, dividiam em partes iguais. Chegaram a criar juntos diversas peças, como a passagem da Cova do Anjo, que ninguém comprou, mas achavam bonito; a procissão de Santa Úrsula, a peça mais cara da cocriação; meninos empinando pipas e crianças jogando amarelinha; carros de madeira puxados por bois de argila e joões-bobos, feitos de madeira, barro e tecido. Estes eram os campeões de venda junto às crianças durante a festa.

Foi a partir da feira de artesanato que Seu Ananias desistiu de cortar peroba-rosa na mata, sua madeira preferida, e passou a usar madeira que os moradores do povoado descartavam dos barracões e casas quando faziam reforma no fim de ano. Ele aproveitou também restos de carvalho, jacarandá e ipê. O carpinteiro tratava a madeira até que ela ficasse na forma ideal. As ranhuras dos pregos e o desgaste natural da madeira davam um tom especial às peças que ele criava. Cada móvel, cada objeto tornava-se único nas mãos hábeis de Seu Ananias.

- Se a gente não usar a natureza a nosso favor, Virgílio, em breve, ela vai cobrar da gente. Alertava, apregoando, inconscientemente, um princípio da sustentabilidade universal.

- Larga de ser besta, velho. Tem madeira nesse povoado de ruma! Para quê essa preocupação agora? Contestou Mestre Virgílio.

- É? Mas se eu, vosmicê e tantos outros só tirar, tirar, tirar, um dia não vai ter mais nenhuma árvore para contar história. Está vendo a sumaúma? Apontou o dedo para a maior e mais majestosa árvore do povoado, bem no centro das plantações de perobas-rosas. Só sobrou ela. Não tem mais nenhuma outra a duzentas léguas daqui.

Mestre Virgílio balançou a cabeça negando, como se ainda não estivesse convencido do argumento do carpinteiro. No fundo, ele sabia que Seu Ananias estava certo. Preferiu não responder. Pegou a velha botija, feita também de barro, bojuda, de gargalo fino e curto, de cor marrom-avermelhada, presente do avô, e engoliu mais um gole de água. Depois, colocou-a perto do torno e foi em direção ao depósito de argila, mais ao fundo da casa, bem perto de um formigueiro de saúvas. Aproveitou o feito para se aliviar.

O curioso daquela botija é que era desprovida de asa, como era comum na maioria das botijas. Este utensílio, aparentemente comum, era para Mestre Virgílio, seu tesouro mais valioso. Uma recordação inigualável de seu saudoso avô. Protegia o objeto como uma leoa que protege sua cria. Beber água naquela botija tinha mais sabor. A água na bojuda, alcunha afetuosa que ele mesmo escolhera, adquiria um gosto especial. Afirmara isso muitas vezes ao velho amigo. Seu Ananias ria, dizendo que água não tinha gosto, *"é igual em todo canto!"*. Mas não era não.

- Não na minha bojuda! Berrava o artesão.

Botija é um objeto particular, muito pessoal. Não se empresta, não se vende, não se dá. Ainda mais se fosse presente de um ente querido. Cada um tem a sua. Botija é como coração, cada um tem o seu. Não adianta querer pedir emprestado que não dá para ceder. A lei no Povoado das Onze Mil Virgens era essa. Ai de quem discordasse ou quebrasse qualquer uma destas regras. Mas como toda regra tem exceção, e há aqueles que preferem contrariar a lei, Seu Ananias foi o primeiro e único criminoso da botija. Ele só não sabia que aquele ato infrator lhe custaria uma amizade de trinta anos.

Quando Mestre Virgílio retornou, massageando o abdómen após ter dado uma longa e aliviada barrigada, flagrou Seu Ananias com a boca na botija. Ao ser surpreendido, o carpinteiro ironizou:

- Num é que água fica gostosa mermo?

Mestre Virgílio emudeceu. A face negra embranqueceu. Os olhos esbugalhados queriam saltar de seu semblante. Deu um urro ensurdecedor, acompanhado da exclamação:

- Ananias, seu fio de chocadeira!

Se a situação parecia ruim, ficou pior quando Seu Ananias deixou a bojuda cair, quebrando-a em vários pedacinhos. Mestre Virgílio agarrou a primeira coisa que estava ao seu alcance e partiu para cima do amigo. Àquela altura a amizade já não valia mais nada. O carpinteiro nem teve tempo de respirar. De um salto, pulou o torno à sua frente e correu para o quintal. De um pinote, transpôs a cerca de arame farpado, atravessou nadando o Rio Miranda e foi se esconder no Passo da Lontra, onde ficava a antiga sede abandonada da fazenda de Ló de Simões. Ficou três dias e três noites desaparecido. A beata Maria do Rosário quis dar queixa ao subdelegado, temendo que algo de pior pudesse acontecer com o amigo. Dona Ruth desaconselhou. Disse que tudo não passava de um mal entendido e que em breve o artesão e o carpinteiro viveriam novamente em paz. Seu Ananias jamais esqueceu a imagem do amigo bufando de raiva e a baguete, como uma arma, firme em suas mãos, pronto para atacar o carpinteiro. A fasquia de madeira aparelhada foi a primeira coisa que o artesão pegou na hora da raiva. Também, aquela foi a única vez em que se soube que Seu Ananias correu mais rápido que o agulhão-vela dos mares.

Depois daquele dia, nunca mais se falaram.

A RUA DAS PUTAS TRISTES,
O ANJO QUE CAIU DO CÉU
E A HISTÓRIA DO HOMEM DAS TRÊS ESPOSAS

Naquele ano em que os peixes-voadores cruzaram mais uma vez o céu do Povoado e as cotovias surgiram anunciando a volta do Profeta, um fato curioso ocorreu na rua mais conhecida das Onze Mil Virgens. A Rua das Putas Tristes. Era embaraçoso para os defensores dos bons costumes admitirem que num povoado de tantos bons exemplos e virtudes – como defendia a ordem das ursulinas e as famílias de alguns pouquíssimos abastados – pudesse existir ainda um lugar batizado de "Rua das Putas Tristes".

O Comprador de Almas sugeriu mudar o nome da rua. Garantiu propor na Câmara Municipal de Vila Bela um projeto de lei para efetivar o intento. Teve, mais uma vez, o apoio das irmãs católicas e do padre. Todavia, somente o apoio dos religiosos não seria suficiente. Prometeu então fazer uma campanha para captar novos apoios. Sobretudo de pessoas influentes como o Mestre Virgílio, Seu Ananias, Isaura Cornejo, que também poderia convencer a Confraria dos Letrados a fazer parte deste projeto, além de doutor Bandeirante e a Professora de Canto.

- A professora de canto, não! Ela não me apoiaria. Pensou.

Nem todo mundo era a favor da mudança do nome.

Afinal, a Rua das Putas Tristes fazia parte da história do Povoado das Onze Mil Virgens. E se fazia parte da história já era considerada patrimônio cultural, pelo professor de Língua Portuguesa, defensor ferrenho da memória do povoado, o vilabelense Bernardo Guimarães.

Outro causídico conservador que não queria de jeito nenhum que a rua mudasse de nome era o velho ferreiro Lameque. O afortunado, porém, arrogante cidadão de Onze Mil Virgens casado com Violeta, Margarida e Rosa, as três ex putas mais velhas do povoado, que foram enviadas há alguns anos do bordel mais famoso de Vila Bela, o Palácio das Águias.

O Palácio das Águias, um velho conhecido da aristocracia vilabelense, comandado pelos barões do café, era o mais famoso templo do prazer da província. Foi construído em 1801, sob uma arquitetura eclética, misturando neoclássico e colonial. O coronel José Carlos Olímpio Siqueira fez questão de doar a madeira de sua fazenda para fazer todo o piso, portas e janelas. Madeira de primeira, jacarandá, própria da região, de baixo custo, embora custasse muito na hora de vender.

Outro que também contribuiu com a construção do prostíbulo foi o coronel Lameque Alcântara Brandão, doando tecidos estrangeiros para as cortinas, o lustre de cristal da sala, todo o ferro fundido das portas trabalhadas em estilo neoclássico francês e as bandeiras de vidro coloridas em estilo colonial. Não satisfeito, o coronel José

Olímpio, sentindo-se ameaçado pela generosidade do coronel Lameque doou também o mármore da casa, que veio diretamente de Carrara, na Itália.

Lameque quis então trazer o melhor carpinteiro da província que morava no Povoado das Onze Mil Virgens, Seu Ananias. Foi ele quem fez o piso em jacarandá e vinhático, formando triângulos em duas cores, uma verdadeira obra de arte. Os ladrilhos com motivos da flora e da fauna, palmeiras e ipês, aves e peixes, que ornamentavam a varanda em *art-nouveau* foram importados da Inglaterra pelo coronel Lameque.

Os dois maiores financiadores do prostíbulo, sentiam-se donos do negócio. E, sobretudo, proprietários das meretrizes que vinham de todas as partes do mundo. Lameque adorava uma sueca; José Olímpio se contentava com as francesas. Dinheiro não era problema. Mulheres se amontoavam na sala e nos catorze quartos do palácio.

Um dia, às vésperas do aniversário de Vila Bela, apareceu uma menina do interior, tímida, de cabelos encarapinhados e olhos cor de mel. Os olhos mais fascinantes e misteriosos que Lameque havia visto. Ela era alta, esguia, nariz delgado, lábios carnudos, seios pequenos e um corpo tão delineado, com contornos tão finos, que ele a batizou de *"Rainha da Etiópia"*.

No entanto, os atributos femininos da menina que viera fugida do Povoado das Onze Mil Virgens, também foram observados e desejados pelo coronel José Carlos

Olímpio Siqueira. A disputa foi inevitável. Deu-se início a uma guerra que extrapolou às fronteiras do Palácio das Águias. As brigas, que um dia chegaram as vias de fato, com socos e pontapés, no meio do salão, até um tiro na perna, desferido pelo coronel José Olímpio em Lameque, e outro no braço esquerdo que quase atingiu-lhe o coração.

Quando se recuperou, não quis ir a forra. Resolveu se vingar construindo outro palácio, um pouco menor, mas que preservasse as características do antigo Palácio das Águias. E assim o fez. Comprou uma fazenda na região do Povoado das Onze Mil Virgens, que fazia divisa com o Passo da Lontra. As terras eram separadas pelo Rio Miranda. Em dois anos levantou o novo prostíbulo. O local afastado atraía viajantes, fazendeiros de café, políticos e juízes, a mesma clientela do Palácio das Águias. Durante cinco anos, a Casa Rosada, nome de batismo do casarão da Rua das Putas Tristes, se tornou um dos prostíbulos mais procurados de Vila Bela.

Por diversas vezes, o coronel Lameque enviou seus empregados ao Palácio das Águias para buscar a *"Rainha da Etiópia"*. Todas as tentativas foram frustradas pelo coronel José Olímpio. Numa destas tentativas, um de seus empregados foi morto. Então, temendo a sua vida e a de seus familiares, desistiu da rainha, mas não a esqueceu.

Anos depois, logo após a Primeira Grande Guerra Mundial, uma crise sem precedentes, atingiu a economia do país que se refletiu desastrosamente em Vila Bela. Coronéis que haviam investido tudo na safra do café, ficaram pobres da noite para o dia. E para piorar ainda mais a situação, três grandes doenças tomaram conta das fazendas, destruindo plantações inteiras. A maldição do bicho-mineiro, da broca-do-café e do ácaro vermelho proliferaram como as pragas do antigo Egito. O jornal Café da Manhã, maior diário em circulação de Vila Bela estampou na primeira página *"que Deus havia virado as costas para a região"*. Economistas, professores e historiadores davam como certo o fim dos barões do café. O coronel José Carlos Olímpio Siqueira não suportou a perda e a pressão de seus credores. Foi encontrado morto, com um tiro na cabeça, no Palácio das Águias. Perdeu a família, as fazendas, os investimentos. Perdeu tudo.

O coronel Lameque Alcântara Brandão, perdeu fazendas, prestígio e a patente, mas, sobreviveu à hecatombe. Com a crise e o suicídio do coronel José Olímpio, o Palácio das Águias cerrou suas portas. A Casa Rosada também foi fechada, por um tempo. Quando reabriu, dez anos depois, não se prestava mais ao tempo do prazer de outrora. As meninas mais atrevidas do povoado que viviam a vender seus favores, com seus grandes seios à mostra, convidando homens e jovens que por ali se aventurassem para uma longa noite de amor, agora era coisa do passado. A Rua das Putas Tristes não exalava mais o cheiro da lascívia. A Casa Rosada se transformara na residência do ferreiro Lameque. Ofício que aprendeu na infância, com seu pai e que passou a exercer novamente com a perda definitiva de seus bens.

Sem esposa, sem filhos e sem companhia, Lameque passava os dias forjando facas, facões e ferraduras. Trazia apenas as lembranças de um passado ostentador, regado a bebidas francesas e muitas, muitas mulheres. Mas nenhuma delas fora tão inesquecível como a *"Rainha da Etiópia"*.

A beata Maria do Rosário nunca acreditou nessa história. Para ela, e todas as demais carolas da Igreja de Santa Úrsula, a Rua das Putas Tristes nunca existiu. Tudo isso não passava de uma grande mentira de Lameque, *"aquele velho ignorante que só conhecia uma língua: a da bruteza"*. No entanto, ao exibir a patente, emoldurada na parede da sala de visitas da Casa Rosada, adquirida *"a preço justo"*, as dúvidas se dissipavam. Porém, não a convenciam.

Seu Ananias defendia Lameque, confirmando toda a história, inclusive sua participação na construção do Palácio das Águias e na Casa Rosada. Maria do Rosário ficava furiosa com a defesa do velho, pois sabia que o carpinteiro frequentara, na juventude, o puteiro. Seu Ananias se divertia com o ciúme da contadora de causos.

Um dia, quando Lameque terminava de forjar um par de ferraduras, que haviam sido encomendas por um fazendeiro de Touro Morto, uma mulher apareceu na cerca de peroba-rosa, com uma trouxa na cabeça e uma sacola de couro de boi na mão. O tempo havia sido rigoroso com aquela silhueta. Já não tinha mais o brilho daqueles olhos, nem tampouco a juventude de seus dezessete anos. Mas mantinha a simpatia, o mesmo sorriso, o mesmo cabelo emaranhado do primeiro dia em que a viu. Margarida, a *"Rainha da Etiópia"*, voltava para o ferreiro vinte anos depois.

O professor de Língua Portuguesa, Bernardo Guimarães, autor do livro *"Histórias que o Povo Conta e a Gente Não Ouve Mais"*, inspirado em vários acontecimentos de Vila Bela, sobretudo os escritos no *Livro de Tombo das Extraordinárias Passagens do Povoado das Onze Mil Virgens* relata que na volta de Margarida, ainda vieram duas companheiras: Violeta, a asiática; e Rosa, a albina. Ambas foram acolhidas e desposadas por Lameque. No livro, ele conta com detalhes a origem de cada uma delas, bem como a origem do nome de batismo da rua.

Tudo começou com a crise que assolou a economia e as pragas que destruíram os cafezais. Com a falta de dinheiro os prostíbulos foram às mínguas. Todas as noites, as meretrizes sentavam-se na varanda do casarão, na esperança de que um abençoado cliente batesse a porta. Aquele ambiente se transformara na varanda das lamentações, no espaço do pranto e ranger de dentes. Uma dúzia de putas tristes choravam todas as noites. Aos poucos elas foram partindo. A última a sair foi Rosa, a albina, a mulher de confiança do coronel Lameque que, anos depois, voltou com Margarida.

Quem passava pelas cercanias, e via aquele ambiente macambúzio, pesado, infeliz, chamava de Rua das Putas Tristes. E assim está até os dias de hoje.

Lameque de Alcântara Brandão, o único filho da família brandino, viveu num ambiente rude, criado por um pai austero, dono de quase metade de Vila Bela. Sua mãe morreu quando ele ainda era uma criança. Foi criado, como afirmava Seu Ananias, *"na ponta do facão"*. Jamais conhecera o sofrimento e o amor, até perder quase tudo que conquistou e cruzar o caminho da *"Rainha da Etiópia"*. A Casa Rosada, um pequeno caminhão da Volvo, importado da Europa na época de ouro do café, e suas três esposas, era tudo que lhe restava.

No trajeto até a Praça da Matriz, dirigindo devagar o primeiro veículo que chegou ao povoado, um caminhãozinho Volvo Series 1, com um modesto motor a gasolina de quatro cilindros, produzindo apenas 28 bhp[4], acostumado a carregar até duas toneladas de café, com uma velocidade média de 40 km/h, que subia com facilidade a Ladeira da Gameleira, para testemunhar mais uma vez a chegada dos peixes-voadores, desejou encontrar Demas. Queria dizer na cara do embusteiro que ele enterrasse de uma vez aquele projeto de mudar o nome de sua rua. Aquela ideia estapafúrdia *"só devia partir mesmo daquele administradorzinho de uma figa!"* Ele que cruzasse o seu caminho naquela manhã. Pensou.

Por sorte ou azar do Comprador de Almas, ele chegou atrasado e não presenciou a migração dos

---

4. BHP – Brake horse power, tipo de motor favorito das montadoras de automóveis do passado que vendiam "potência".

maravilhosos peixes-voadores. Portanto, não confrontou o ferreiro. Lameque, voltou ainda mais furibundo, amaldiçoando freira, beata, padre e todo aquele que fosse a favor da mudança do nome do logradouro da Rua das Putas Tristes. Porém, antes de voltar para casa, pegou a estrada e foi para Vila Bela, matar a saudade da Avenida Central, do Parque da Cidade, dos velhos armazéns, com suas montanhas de sacas de café, o mercado antigo e o mais tradicional restaurante da cidade, o Vila de Bocaiúva. Local das primeiras desavenças com José Olímpio. Até das brigas e bate bocas com o velho coronel sentia falta.

Almoçou no Vila de Bocaiúva uma salada de manga com pacu defumado e castanha da Amazônia. Depois saboreou a sobremesa da casa, Mousse de Bocaiúva. Se arrependeu por alguns instantes de não ter trazido as esposas Margarida, Rosa e Violeta. Mas o caminhãozinho não daria para trazer as três. Não queria ter que escolher uma delas. Geralmente quando fazia isso, o ciúme tomava conta da relação e ele já não tinha mais idade para mediar conflitos, sobretudo, conjugais. A fama de arrogante, avarento e homem de poucas palavras se espalhavam por toda a região. Só ia na Casa Rosada quem tinha negócios com o ferreiro. Antes era com o coronel, agora com o ferreiro. Lameque perdeu o poder, mas manteve a dignidade. E com ela permaneceu o respeito. Todos ainda tratavam o ferreiro como coronel.

Quando terminou o almoço, pediu que preparasse

para viagem a tradicional farofa de banana, paçoca e mojica de pintado. As mulheres ficariam felizes com aquela surpresa gastronômica. Depois de tudo embalado, pegou o caminho de volta ao Povoado. Ao entrar na Avenida Central, fez o contorno e se dirigiu até o beco do Candeeiro. No final da rua, o Palácio das Águias , ainda de pé, com a fachada desgastada pelo tempo, apesar da cor vibrante de outrora não cintilava mais. Parte do telhado havia desabado, portas e janelas pendiam de lado. O mato tomava conta da varanda e parte do beiral estava desprovido das telhas coloniais vindas originalmente do Paraguai. *"Madame Risoleta era mesmo exigente"*, pensou, recordando o nome da cafetina do Palácio. Os ladrilhos ingleses conservavam sua beleza exuberante. Todos, sem exceção, ainda permaneciam no mesmo lugar.

Satisfeito com o passeio, deu adeus ao Palácio das Águias e voltou para o Povoado. Uma hora e meia depois já estava descendo a Ladeira da Gameleira. Ao virar à direita e entrar na Rua que estaria futuramente na pauta do legislativo vilabelense foi surpreendido por uma multidão atônita, com os olhos fixos no casarão, impedindo-o de estacionar o veículo. Margarida, Violeta e Rosa também estavam entre os curiosos, apavoradas. Lameque desligou o motor, desceu do caminhão e saiu berrando para que abrissem caminho. Ao chegar na varanda da Casa Rosada, quase teve um enfarte. No batente da porta, restos de cacos de telhas, do buraco que se formou no beiral da varanda na mesma direção da entrada, onde, provavelmente, aquele estranho visitante havia caído. Lameque esfregou os olhos para ter certeza do que acabara de presenciar. Ele não devia ter mais que um metro e meio de altura, cabelos encarapinhados, olhos grandes e negros, e estava coberto inteiramente de penas.

- É um anjo?! Bradou o ferreiro, num misto de indagação e espanto.

O padre chegou esbaforido na Rua das Putas Tristes quando soube do ocorrido. As beatas e as ursulinas vieram logo atrás. O acontecimento ultrapassou a barreira dos paladinos da moralidade e as religiosas sequer se importaram de estar na rua que censuravam.

E todos começaram a dizer que um anjo havia caído do céu.

A COVA DO ANJO E O MISTERIOSO PERSONAGEM QUE PRESENCIOU A DESCOBERTA DO MESTRE VIRGÍLIO

Dois lugares no Povoado das Onze Mil Virgens eram evitados a qualquer custo pelos moradores. Um deles ficou conhecido como a Cova do Anjo e o outro recebeu o nome de Passo da Lontra. As duas narrações e todos os detalhes destes lugares estão registrados no *Livro de Tombo das Extraordinárias Passagens do Povoado das Onze Mil Virgens*.

Do primeiro, a Cova do Anjo, se dizia que coisas estranhas ocorriam quando as pessoas entravam na curva onde havia sido enterrado um anjo. Não havia quem não se arrepiasse quando pisava no caminho mais curto até o Monte da Febre, onde ficava o cemitério do povoado. A outra estrada que levava até o campo santo era íngreme, longa e estreita e carregada de pedras escorregadias, extremamente pontiagudas. Para desencorajar ainda mais o indivíduo que preferia o caminho mais largo, a copa densa das árvores da mata acelerava o anoitecer, favorecendo a presença de onças pintadas. Embora não se tenha registro delas naquela floresta.

O segundo, o Passo da Lontra, distante uma légua e meia do Buraco da Piranha, ficava às margens do Rio Miranda, bem distante das regiões do Morro do Azeite, da barra do Rio Negro e da vila do Touro Morto. Mas era a grande ponte centenária, de madeira, sobre o Rio Miranda, que dava o nome ao lugar. Foi ali, de acordo com a lenda, que as onze virgens se suicidaram.

Entretanto, apesar de toda superstição que girava em torno da Cova do Anjo, existiam alguns intrépidos moradores que não se intimidavam em cruzar aquela passagem. Um destes destemidos utilizava o caminho mais curto todas as manhãs, desde que sua companheira o deixou. Só que naquela manhã, quatro dias antes das comemorações da Festa do Dia do Pato, ele descobriu um motivo a mais para visitar a esposa. Já tinha determinado construir uma pequena casinha, de apenas um cômodo, que coubesse, pelo menos, um colchãozinho de capim, para passar ali as noites especiais. Se os dias estivessem quentes ou as noites frias, a casinha o protegeria e assim passaria horas conversando com ela quando chegasse o natal. Comemorariam juntos a virada do ano, acenderia uma vela no seu aniversário, cantando parabéns e lembrariam dos casos mais divertidos que viveram juntos, especialmente a data de seu casamento.

Os filhos de Mestre Virgílio queriam levar o pai para a capital. Tramaram interná-lo num asilo, onde pudesse passar o resto dos seus dias. A ideia estapafúrdia de construir um casebre no meio do cemitério, ao lado da sepultura da mulher, para passar algumas noites especiais, foi a gota d'água. Combinaram pegá-lo depois da festa. Ele ouviu toda a conversa dias antes quando eles apareceram de repente. Por mais que relutasse, já não tinha mais forças para lutar. Na manhã seguinte, quando os filhos retornariam para a capital, fez birra. Ficou emburrado o resto do dia. Fez bico, ficou enfezado, murmurou todo o tempo feito menino. Não quis falar com nenhum deles. A respiração pesada, a cabeça balançando para a esquerda e para a direita, tal qual o pêndulo de um relógio, eram sinais claros do que pensava daquela sentença. Nem o mais novo, que desaprovou a anuência dos demais, escapou da rabugice do velho. *"Quando se é jovem, você carrega quem quiser, seja para onde for. Mas quando se está velho você é que é carregado, sabe-se lá para onde"*. Refletiu.

A Cova do Anjo ficava na Sétima Curva da passagem mais estreita do Morro da Febre. A sétima curva também era chamada de Cânion da Lua. Era tão estreita que durante os enterros só dava para passar o caixão e os carregadores do defunto. Depois passava o povo, em fila indiana.

Os dois paredões de rocha, escavados ao longo de milhares de anos, eram tão altos como a maior árvore do povoado, a sumaúma. As paredes ora amareladas, ora avermelhadas, variavam de acordo com os raios de sol. Possuíam uma vegetação rasteira, bastante delongada, entre as fissuras da rocha. A beata Maria do Rosário contava aos visitantes que a fenda que dava o nome ao Cânion da Lua foi criada por um golpe certeiro de Deus. Ao que subestimavam:

- Se fosse certeiro, Deus partiria o Monte em dois!

Maria do Rosário, com a resposta na ponta da língua, retorquia:

- Na hora do golpe, Jesus gritou: "Não, meu pai, ali mora um anjo!"... E o golpe foi descontinuado.

Mestre Virgílio chegou na Sétima Curva mais cedo do que esperava. Se não fosse pelo bisbilhoteiro do Ananias, teria passado despercebido. Ainda resfolegava muito quando descansou na pedra do lado da Cova do Anjo. O coração desembestado, as mãos trêmulas e a garganta seca davam sinais de que alguma coisa não caminhava bem. Mesmo assim, contrariando as leis da física e seu nítido desconforto, segurou a pá e começou a cavar. Se alguém, naquele exato instante, testemunhasse aquele momento, diria que Mestre Virgílio perdera completamente o juízo. Todavia, ao cavar mais fundo, encontrou um pequenino caixão, já apodrecido pelo tempo. Cavou mais um pouco e achou um tecido grosso, amarrado com couro, bastante decomposto. Com cuidado retirou o saco e o colocou de lado. O coração parecia querer sair pela boca. Respirou fundo, para conter a emoção, ao mesmo tempo em que cortou as cordas de couro. Depois, com todas as forças que ainda lhe cabiam, ergueu o saco e sacudiu o que havia dentro dele sobre a terra. Os raios mais altos do sol invadiram o Cânion da Lua e lampejaram nas peças de ouro e prata esparramados pelo chão. Os olhos de Mestre Virgílio explodiram de felicidade.

- Então, o senhor encontrou o tesouro! Declarou

a voz logo atrás dele.

Mestre Virgílio se assombrou. Tomou um susto tão medonho que o avelhantado coração não resistiu. O artesão de quase noventa anos deu um urro oco, arregalou os olhos, levou as mãos sobre o peito e caiu de braços e barriga para baixo, pesadamente, ao chão.

Era mais um sinal da volta do Profeta.

SEU ANANIAS, "O HOMEM QUE TUDO VÊ"

A passagem dos peixes-voadores era um fenômeno raro, apreciado por todos os moradores do Povoado das Onze Mil Virgens. Todos, sem exceção. Até *"o marido que ninguém vê"*, esposo da presidente da Confraria dos Letrados, Isaura Cornejo, aparecia para prestigiar. Porém, vestia um vestido longo, botava uma peruca, se maquiava por completo e se escondia atrás da carroça de leite, para que ninguém pudesse identificá-lo. Seu Ananias sabia quem era ele no meio de toda aquela agitação.

Certa vez, a presidente confessou ao padre que o marido tinha medo de lugares com muita gente. Por isso ele evitava sair de casa. Ir à feira, nem de brincadeira. Andar pela rua, só em sonhos. Ver de perto a competição do pato, na maior festa da cidade, nem de longe. E o padre coçou a língua e contou para dona Ruth. A bodegueira da Mercearia Secos e Molhados revelou o segredo para Mestre Virgílio e este para Berenice Tanajura, que, por sua vez, falou ao doutor Bandeirante numa consulta de rotina. O médico, com toda cautela, procurando ser bastante didático, para que a Professora de Canto não interpretasse aquele medo obsessivo do marido de Isaura como uma enfermidade contagiosa disse-lhe o nome da doença. Em menos de vinte e quatro horas, todo o povoado já sabia da doença do *"marido que ninguém vê"*.

- Demofobia!

Seu Ananias quando soube, deu uma gargalhada

ironizando a situação fazendo referência ao nome da doença:

- Olha aí, ela não anda dizendo que eu tenho parte com o cão? Apois, quem é casada com o demônio é ela.

O velho sabia que uma coisa nada tinha a ver com a outra, mas só o fato de poder irritar a sabe-tudo o divertia. Seu Ananias se regozijava. Sempre ria sozinho quando recordava deste fato.

Após a migração, quando todos voltaram às suas rotinas, inclusive os cachorros que latiam para o alto quando os bichos sobrevoavam a praça, uivando continuamente, semelhantes ao shofar[5], antigos instrumentos de sopro, a saudar a chegada de sua majestade: o peixe-voador, Seu Ananias foi, como todos os anos, o primeiro a chegar e o último a sair da praça quando viu o Comprador de Almas passar feito um coelho. Não lembrava de tê-lo visto na passagem dos peixes-voadores. O único que ele sabia que não estava ali naquela manhã foi Mestre Virgílio, o segundo a passar por ele antes dos primeiros raios de sol. Em seguida, passou Isaura Cornejo e logo atrás dela, Labão. Ambos, igualmente impacientes.

Desconfiado que nem cervo na savana, o velho carpinteiro coçou a cabeça, pegou o banquinho e tomou a dianteira de casa, meditando. No trajeto, da praça da Matriz até sua casa, se deu conta de que nem a presidente da Confraria dos Letrados, nem o cidadão que fazia qualquer coisa por dinheiro, testemunharam a chegada dos peixes-

---

5 . Tipo de trombeta ou corneta feita do chifre curvado de carneiro.

voadores. Eles não estavam lá. O que aquelas três figuras reservaram de mais importante que aquele fantástico fenômeno da natureza, presenciado apenas pelos moradores do Povoado? E por que estariam tão apressados? Como não percebera a ausência de pessoas tão emblemáticas naquele evento? Aquela angustiante constatação só serviu para o velho Ananias chegar à conclusão de que a sua hora se aproximava. A hora derradeira. A última hora, na última estação da vida. Seus olhos, cansados, testemunhas dos mais espetaculares acontecimentos do povoado, estavam agora corroídos pelo tempo.

- Seu Ananias, é verdade que o senhor consegue enxergar mais longe que um falcão peregrino? Interrogou Bituca quando cruzou com ele na subida da Ladeira da Gameleira.

O velho deu uma pausa na caminhada. Pediu que o menino colocasse o banco para que ele pudesse se sentar. Em seguida, pausadamente, disse:

- Se eu te contar uma coisa, você promete guardar segredo por toda a sua vida? – E fitou profundamente os olhos do menino.

- Prometo! – Fez sinal de continência para o velho e sorriu.

Seu Ananias revelou então o grande segredo do *"homem que tudo vê"*. E contou com tanta riqueza de detalhes que o garoto não fechou a boca um só instante. Quando terminou, o menino extasiado perguntou:

- Posso contar para meu avô?

- Você não prometeu guardar segredo?

- Entre eu e meu avô não existem segredos. Disse o menino.

Seu Ananias acenou com a cabeça concordando. O moleque saiu como uma estrela cadente pela ladeira, em tempo de se esborrachar no chão, berrando o nome do avô. Seu Ananias se sentiu leve. Contara um segredo que guardava há noventa e cinco anos. Ele sabia que o menino não guardaria segredo. Não se importou. *"O homem que tudo vê"* retomou o caminho de casa mais uma vez. Já nem lembrava mais o que vinha meditando. Na memória, apenas a noite dos seus cinco anos, quando um homem de branco, com suas vestes reluzentes e o semblante mais brilhante que vira em toda a vida, entrou no seu quarto, tocou em seus olhos e disse:

- Filho meu, a partir de hoje, seus olhos serão como o das águias, e tudo o quanto mirares, verás! Pois eles se cansarão, mas não se fatigarão.

Naquele dia, Seu Ananias cansou mais do que o comum. Ao chegar em casa, estava mesmo esgotado. Se antes de dar as costas e sair da praça, tivesse olhado mais uma vez para trás, seguramente, veria mais dois cidadãos que também não foram ao extraordinário feito daquela manhã: João, o irmão de Juarez Silva, que passou em disparada, com uma pá na mão, e o mais bem-educado cidadão do povoado, doutor Bandeirante, com as calças e o jaleco, manchados pelo barro vermelho. Tipo de terra que só se encontrava naquela região do Cânion da Lua.

O ENTERRO DE MESTRE VIRGÍLIO

- Mestre Virgílio morreeeeeeu!!! – O grito do menino que ecoou pelas ruas do povoado pegou todos os moradores de surpresa. Alguns queriam interromper sua correria para saber os detalhes do passamento. Outros como a beata Maria do Rosário, levou um choque. Isaura Cornejo foi quem teve a ideia de avisar aos filhos do falecido. Porém, foi atrás do Comprador de Almas para providenciar o velório, já que ele era o administrador do povoado. Aproveitou também para espalhar para todo mundo que seu marido não gostava de ir a velórios, muito menos a enterros. E que, com certeza, não se despediria do artesão. Ela faria as honras pela família.

Seu Ananias também passou mal. Mesmo distante do amigo, sentiu o coração fraquejar. Afinal, não foram somente trinta dias de amizade, foram trinta longos anos. Esperava que agora o amigo pudesse perdoá-lo. Mas como defunto não fala, faria de conta que tudo acabou bem entre os dois.

O Prefeito, quando soube do falecimento do mestre, ordenou ao Administrador que cuidasse de todas as despesas do falecido. Não queria que corresse à boca miúda que o Chefe do Executivo sequer cedeu as velas para a sentinela. Mandou comprar tudo do bom e do melhor. Que o caixão, a coroa de flores, as velas e os demais arranjos do velório fossem adquiridos na cidade.

- Em ano de eleição, comentou o Prefeito, jacaré que vacila, vira bolsa de madame.

Labão lembrou ao Administrador que não podia faltar a comida e o aperitivo, "senão, como os moradores passariam a noite vigiando o morto?". Exigiu cachaça da boa e um arroz Maria Isabel[6], com muita carne de sol. E começou a explicar como era a melhor forma de fazer o arroz:

- 600 gramas de carne de sol dessalgada em cubinhos, três colheres de sopa de manteiga de garrafa. Tem que ser de garrafa. Não compra aquelas manteigas sem sal do Candeeiro não, viu? O administrador foi se afastando enquanto ele berrava o resto dos ingredientes: Cebola, alho picado, pimentão vermelho sem pele, pimenta-de-cheiro, uma colher de café, uma colher de chá de óleo de babaçu...

Quando o Comprador de Almas virou a esquina da Rua Direita de Baixo, não ouviu mais a receita de Labão, o gordo mais beberrão e esfomeado do povoado que, de quando em quando, dava uma de fanfarrão. Sobretudo quando bebia.

À noite, durante o velório, regado a café, arroz Maria Isabel e a cachaça com dois sabores diferentes, carvalho e jequitibá rosa , encomendada no único alambique do estado, se discutiam os motivos que levaram à morte o mestre. Diziam que o velho deu de cara com a

---

6. Prato típico do Vila Bela.

alma penada da esposa. Esta hipótese foi logo descartada porque *"assombração não aparece de dia"*, atestava dona Janina, com a cachorrinha Lulu sempre à tiracolo e o *shar-pei*, de longe, seguro por João Silva, doido para escapar da coleira e pegar a *poodle* de jeito. Isaura Cornejo jurava de pé junto *"com estes olhos que já viram muita coisa"* que Mestre Virgílio achou o tesouro do mercador. E que a emoção foi tamanha que o coração dele não aguentou.

- E por que não acharam o tesouro quando acharam o corpo? . O questionamento surgiu do canto direito do fim do Salão do Clube dos Idosos. Um clube de jogos, criado pelo pai de Labão, Tiago de Alvarenga, no início dos anos vinte. No clube também se reunia a Confraria dos Letrados e as irmãs ursulinas, que ministravam, todas as segundas e quartas-feiras, um curso de corte e costura para as senhoras do povoado.

Isaura Cornejo deu de ombros. Disse de pronto que não tinha essa resposta. O outro rebateu dizendo que se ela não tinha a resposta, não tinha o direito de afirmar que Mestre Virgílio havia morrido daquela forma. Isaura Cornejo calada estava, calada ficou. E todos concordaram com Juarez, o inquiridor. O filho do subdelegado de polícia gostava de bancar o detetive. Ele e o irmão, João, foram responsáveis por desvendar na festa da padroeira, um ano antes, o sumiço das esmolas e dos donativos guardados no gazofilácio da Igreja. O Prefeito entregou pessoalmente uma medalha de honra ao mérito a cada um pelo feito. O padre nomeou os rapazes, guardiões da igreja. O administrador achou que perderia o posto de protetor da imagem da padroeira e com isso a liberdade e o poder de decidir quem levaria o andor na próxima procissão. Mas o padre Sizínio foi enfático ao afirmar que:

- Uma coisa é uma coisa, outra coisa é outra coisa!

A senhorita Berenice Tanajura se colocou à disposição do padre para ser a próxima guardiã da imagem. Argumentou que os cargos precisam ser remanejados ou até mesmo substituídos. Eles não devem ser eternos.

- As pessoas se acostumam. Se sentem donas de algo que não lhes pertencem, dizia ela. Isso só reforçou ainda mais a cisma do Comprador de Almas com a Professora de Canto.

Juarez voltou a falar, chamando a atenção de todos. Aproveitou para se certificar de uma vez por todas, e na frente dos presentes, aquela história que Mestre Virgílio dizia que era ou não verdade.

- Não podemos esquecer, e o povoado está cansado de saber, que o tesouro de Malquias Amzalag, pai do senhor Demas, é uma lenda! Virou-se para o Comprador de Almas:

- Não é isso mesmo, senhor Administrador?

O Comprador de Almas só não foi pego de surpresa totalmente porque na declaração anterior, Juarez já havia mencionado seu nome. Então, sagaz, preparou o espírito para o que poderia vir depois. Mesmo assim foi difícil disfarçar o nervosismo. Gaguejou duas vezes antes de abrir a boca. Os olhos das sentinelas se voltaram para ele. O padre Sizínio, já à beira dos sessenta anos, de nariz delgado, bochechas rosadas e duas covinhas no rosto, ergueu as sobrancelhas por cima dos óculos esperando atentamente a resposta de guardador da imagem da santa. Se a resposta agradasse ao padre, ele continuaria no cargo da igreja. Mas se as palavras do Comprador de Almas ofendessem suas convicções, o cargo passaria, indiscutivelmente, para a Professora de Canto. E tudo que Demas não queria era perder a função mais importante da igreja de Santa Úrsula.

- Bem... quer dizer... vocês sabem que meu pai, ao longo de quase três décadas... Começou tentando contextualizar os fatos, contando, como de costume, uma história antes para preparar o terreno e convencer o outro. Contudo, Berenice Tanajura – ao lado do filho mais novo do falecido – que conhecia de perto a verborragia do filho do mercador, ou seja, aquele uso exagerado de palavras sem sentido, que dava uma volta inteira em um assunto para dizer quase nada, interrompeu o discurso rispidamente:

- Fala logo e deixa de embromação! Depois sussurrou no ouvido do filho mais novo do Mestre Virgílio:

=*Esse cara é neurótico!* O menino riu.

O Comprador de Almas lhe desferiu um olhar fulminante. A vontade era de voar ali mesmo nas dobrinhas avantajadas do pescoço da docente. Mas conseguiu, por hora, esconder a irritação. Entretanto, a inquietação ante a pergunta de Juarez se manteve. Disse seco:

- Sim... ou melhor, não! Se atrapalhou.

- Sim, o quê? Juarez insistiu.

- SIM, por que é verdade a história do tesouro de seu pai ou NÃO porque a história do mercador é uma grande mentira? A gente quer saber. E sacudiu a cabeça como fazia o Mestre Virgílio em vida.

Neste momento, os burburinhos tomaram conta do velório, deixando as sentinelas do Mestre Virgílio com uma pulga atrás da orelha. O velório ficou excitante. Labão tomou logo uma garrafa inteira de cachaça. Já não dizia mais coisa com coisa. Dona Ruth quase se engasgou com o arroz. Foi fazer um cochicho com a boca cheia, acabou cuspindo comida no ouvido de dona Janina. A *poodle* latiu furiosa porque teve que lamber a sujeira de dona Ruth. Isaura Cornejo, que se animava toda por um fato novo, só faltou berrar que a versão dela sobre a causa da morte do mestre era a mais verdadeira.

O padre, Jesus! Quase teve um treco. Começou a passar mal. Não podia acreditar que seu principal homem de confiança escondia este segredo do povoado a tanto tempo! Soava tanto que o lenço ficou encharcado. Seria o feijão condimentado, recheado de charque, calabresa, mocotó, pé de porco, costela de porco, chupa molho, toucinho defumado, bacon, folha de louro, tomate, pimentão, coentro picado, cebolinha, corante e pimenta-do-reino, servido por dona Margarida, antes dele chegar ao velório, o responsável pelo suor excessivo do padre? Ou a cafeína dos onze cafezinhos que já havia ingerido durante o quarto[7]?

Aquela sudorese noturna era comum ao padre quando ele extrapolava na bebida. A beata Maria do Rosário sabia que o Padre Sizínio era um consumidor crônico da cachaça com gosto de carvalho, sua preferida. Doutor Bandeirante já havia recomendado o fim da bebida. O pároco preferia o suor que deixava o travesseiro ensopado e as roupas de cama molhadas, como uma inconveniente poluição noturna, a ter que abandonar o vício.

- Que Deus tenha misericórdia dele! Dizia a beata Maria do Rosário.

O gole costumeiro do Padre Sizínio vinha sempre depois do ritual da cruz. Primeiro tocava a testa, depois o centro do peito, o ombro esquerdo e o ombro direito, e voltava novamente ao peito, ao mesmo tempo em que dizia:

- Em nome do Pai, do Filho e do Espírito Santo. Amém! E engolia, de um só trago, a preferida.

Demas engoliu em seco e colocou as mãos sob os bolsos da calça. Deu um giro instantâneo com os olhos ao notar que se transformara, literalmente, no centro das atenções. Estava posicionado bem perto do teto catedral

---

7. A palavra "quarto" no final deste questionamento tem o mesmo sentido que "sentinela". Ou seja, "fazer o quarto" significa dizer "velar o morto" Neste caso, enquanto velava o morto, o Padre Sinízio já havia tomado onze cafezinhos. (N.A.).

do clube, quase ao lado do caixão do falecido.

- Não. Disse convicto. E continuou:

- Não existe e nunca existiu este tesouro. Afirmou. Depois, pensou em declarar que tinha a certeza que Mestre Virgílio foi o empregado que roubou seu pai. No entanto, mediu, seriamente, o peso daquela declaração e sentiu medo da reação de todos. Inclusive do padre. Foi uma decisão inteligente, já que ali não era a hora nem o lugar para falar daquele passado que pouca gente sabia.

Passado o mal-entendido, pouco a pouco, os moradores foram voltando para suas casas. A comida e a cachaça acabaram. O assunto foi diminuindo. Dos filhos do Mestre Virgílio, apenas o mais novo permaneceu ao lado do velho. Seu Ananias, dona Ruth, a Professora de Canto, Violeta, Bernardo Guimarães e Isaura Cornejo foram os únicos a guardar o morto até o amanhecer.

O Padre celebrou uma missa antes do caixão sair. Chegara bem-disposto, com um semblante risonho, como os moradores tinham o hábito de encontrá-lo todas as vezes que ia, de casa em casa, convidar seus fiéis para as missas de quarta-feira e domingo. Dizia a si mesmo que um *"coração alegre, aformoseia o rosto"*. E, embora seu coração estivesse triste, por ter que celebrar a despedida de um amigo, sentia-se confiante do destino da alma do falecido.

- Que o pó volte à terra, de onde veio, e o espírito volte a Deus, que o deu. – E foi com a leitura do livro de Eclesiastes que o Padre Sizínio terminou o sermão. Quando se preparava para espargir a água benta, a ex beata Rosimeire, principal opositora do padre durante o período em que permaneceu na igreja e que também sabia das escapulidas e vícios do sacerdote alertou, em alto e bom som, para que todos pudessem ouvir, por trás dele:

- Se morreu com Jesus, o espírito volta pra Deus. Mas se não morreu...

Dona Ruth e Maria do Rosário desferiram um olhar torto para a outra. Dona Janina deu um empurrão leve em Rosemeire pedindo que ela, pelo menos, respeitasse o falecido naquele instante. A protestante ficou brava e gritou mais ainda:

- E eu estou mentindo? Jesus é o caminho, padre! – E saiu do salão resmungando.

Passado o desconforto, o padre benzeu o caixão e autorizou a saída do corpo. O cheiro forte de incenso, a presença de muitas velas e flores e água benta que o sacerdote espalhou sobre os presentes, caracterizavam bem a religião do falecido. A beata Maria do Rosário, acompanhada por dona Ruth, a bodegueira, puxou uma "incelença". Todavia, o canto fúnebre de despedida ficou maravilhoso na voz de Berenice Tanajura. A partir daquela performance, Berenice foi convidada para cantar em todos os velórios de Vila Bela. Foram doze estrofes perfeitas, sem desafinar, que emocionou a todos.

> *Uma incelença, entrou no paraíso*
> *Uma incelença, entrou no paraíso*
> *Adeus, irmãos, até o dia do juízo*
> *Adeus, irmãos, até o dia do juízo*
>
> *(...)*
> *Doze incelenças, entrou no paraíso*
> *Doze incelenças, entrou no paraíso*
> *Adeus, irmãos, até o dia do juízo*
> *Adeus, irmãos, até o dia do juízo*

A subida do Monte da Febre, era a parte mais cansativa e complicada para os carregadores de caixão. E se o morto fosse pesado, o problema se complicava. Mas não era o caso de Mestre Virgílio, um negro esguio, com seus quase dois metros de altura. *"E quem foi que disse que osso não pesa?"* Protestou Deraldo, um dos carregadores, o filho mais velho do Mestre Virgílio; o mais insolente dos irmãos que estudava direito na capital. O autor da ideia de internar o pai no asilo para se livrar do vexame de vê-lo construir o casebre que o velho tanto desejara para ficar mais próximo da esposa.

- O pai nem precisou construir o barraco. Agora vai ficar para o resto da vida ao lado de mamãe. – Murmurou o outro filho, Davi, na parte traseira, segurando a alça esquerda. Só o mais novo da irmandade, Djair, não subiu com o caixão do pai, porque os outros dois filhos, Daniel e Durval, disseram que aquilo era coisa de homem. A vaga ficou para o doutor Bandeirante, amigo e médico pessoal do artesão e o subdelegado que se sentia honrado com o feito.

Todo o povoado, com exceção do marido de Isaura Cornejo, seguiu o funeral. Até Seu Ananias que não conseguia andar com rapidez, arranjou um jeito de ir ao sepultamento. Montou num burrinho pedrês, que vivia abandonado nos arredores de sua residência, e acompanhou o povo.

Depois de subir a parte mais íngreme do Monte, começavam as Trilhas das Sete Curvas e só depois vinha o cemitério. Nas trilhas, o povo desfazia o ajuntamento e andavam uns atrás dos outros, formando uma fila indiana, tal qual se arranjavam os índios para andar na floresta. Seu Ananias foi quem contou que a fila indiana era uma estratégica do povo indígena para que as marcas das pegadas ficassem uma sobre a outra, dificultando assim de serem encontrados.

Na Sexta Curva, era comum o Padre Sizínio dar uma pausa, para que os carregadores fossem substituídos ou descansassem, já que alguns deles faziam questão de levar o corpo até a sepultura.

- Não podiam fazer um cemitério num lugar mais perto, não? - Reclamou dona Janina.

O administrador massageava o joelho, sentindo pontadas finas, como agulhas na pele. Mesmo com dor fez questão de ir ao sepultamento. Dona Ruth aproveitou a oportunidade para cobrar dele um novo local para o cemitério, de preferência, na região plana do povoado. O Comprador de Almas prometeu defender esta questão quando estivesse com o Prefeito que, aliás, não compareceu ao enterro, mas, disse estar bem representado pela administração local. Juarez ouviu de um assessor do chefe do executivo que o Prefeito só subia aquele Monte depois que fosse para os braços de Abraão. João Silva, seu irmão, disse rindo que era mais fácil o Prefeito ir parar nos braços do inferno. A beata Maria do Rosário repreendeu o jovem fazendo o sinal da cruz.

Passada a pausa e o descanso, o sol foi coberto por nuvens cinzentas. Pássaros sobrevoaram as trilhas, em direção à mata escura, para escapar da chuva que ameaçava desabar. Os dois irmãos que tomaram a dianteira dos carregadores, deram lugar a Tiago de Alvarenga e Labão, pai e filho. O menino mais novo do Mestre Virgílio se juntou a Labão para segurar também na alça do caixão do pai. O relógio ainda não marcava meio-dia quando eles entraram na sétima curva onde se encontrava a Cova do Anjo e a trilha se estreitava, dando passagem apenas para o caixão e seus carregadores. Relampejou. Um raio caiu logo atrás da multidão, seguido de um enorme estrondo do trovão. O susto foi enorme. Mulheres e crianças se agacharam, assustadas. As primeiras gotas de chuva caíram. O céu escureceu. O dia foi esvaecendo, como a água que corria pelas rachaduras do Cânion da Lua. Outro raio. Novo estrondo. Desta vez mais forte. As crianças começaram a chorar. O padre pediu que o povo passasse logo à frente e se protegesse na Grota do Tatu - uma saliência grande que simbolizava a entrada do cemitério e que fora por muitos anos uma mina de carvão. Ficar longe das árvores e das rochas por causas dos raios seria mais seguro.

Entretanto, quando o padre falou em passar à frente do caixão, ninguém se movimentou. Ele esqueceu, por um instante, de um princípio universal daquela comunidade bucólica. Quem era que tinha coragem de passar a dianteira do caixão? Ninguém. O *Livro de Tombo das Extraordinárias Passagens do Povoado das Onze Mil Virgens* relata no capítulo *"Crendices, Costumes e Superstições do Povo"* que o indivíduo, fosse ele homem, criança, jovem, velho ou mulher que passasse à cabeceira do caixão de um sepultamento, estaria condenado à morte. Seria o próximo a morrer. E ninguém ali, nem Seu Ananias, o mais velho de todos, estava disposto a perecer. O povo preferiu ficar ali, parado, com a chuva engrossando e os raios caindo na mata escura. Maria do Rosário retirou a cruz do bolso do vestido e segurou nas contas grandes do terço para rezar baixinho:

- Eterno Pai, eu Vos ofereço o Corpo e o Sangue, a Alma e a Divindade do Vosso diletíssimo Filho, Nosso Senhor Jesus Cristo, em expiação dos nossos pecados e...

A beata Maria do Rosário não conseguiu concluir sua reza, porque foi impedida por um novo estrondo.

Desta vez, muito mais poderoso que os dois anteriores. O barulho assustou o burro pedrês, derrubando Seu Ananias. Isaura Cornejo que estava perto do *"homem que tudo vê"* conseguiu impedir que o velho batesse a cabeça numa pedra. As crianças se apavoraram e as mulheres começaram a gritar quando o Cânion da Lua começou a se mexer.

- Jesus! Nós vamos MORRER! O brado estridente e desesperado da beata foi ouvido na primeira curva.

Os paredões gigantescos do Monte da Febre balançaram assustadoramente. Os carregadores largaram o caixão. Com o impacto da queda, o corpo de Mestre Virgílio saiu do esquife. Uma das crianças que presenciou a cena disse que Mestre Virgílio sorria e até piscou para ela.

-Deus é mais! Exclamou dona Margarida ao saber deste detalhe.

O padre fez sinal para que todos voltassem, mas as rochas começaram a se soltar dos paredões, iniciando pela retaguarda, cerrando o caminho de volta.

Os tremores aumentaram, novos raios despencaram do céu. Naquele momento ou o povo passava à frente do caixão ou seriam soterrados vivos naquele Cânion. Hesitaram por alguns segundos porque chegaram a pensar que o desmoronamento aconteceria somente na trilha de volta, entre a sexta e a sétima curva. Mas os tremores pioraram e os pedaços de rocha da parte em que eles se espremeram, se desprenderam. Seu Ananias saltou como uma lebre sobre os demais. Foi o primeiro a chegar na Cova do Anjo. Anos depois, se comentou que o espírito do artesão desceu sobre o carpinteiro e as pernas do agulhão-vela lhe foram tomadas de empréstimo. As mães que puderam, jogaram os filhos nas costas, outras nos ombros. A beata Maria do Rosário rasgou a borda do vestido e perdeu as sandálias quando saltou o caixão do defunto primeiro que dona Janina, Violeta, Rosa e Berenice. Esta última, caiu do lado do mestre. Ela jura que ouviu de Virgílio a frase:

- Cuidado com o rabecão!

Demas passou ao largo e deixou a professora estendida no chão. Alguns meninos usaram a bunda dela como trampolim. João e Juarez que vieram logo depois, levantaram a Berenice e a salvaram do soterramento.

Depois de Seu Ananias, Labão e Tiago de Alvarenga foram os primeiros a chegar na Cova do Anjo ao lado dos filhos do mestre. Do mais velho ao mais novo. Escaparam todos. Isaura Cornejo fez o maior escândalo quando descobriu que seu vestido de luto, caríssimo, presente da primeira dama de Corumbá, foi rasgado em tiras, deixando parte de sua intimidade traseira à mostra. O padre sacudiu a cabeça com desdém, ante a preocupação esdrúxula e desnecessária da presidente da Confraria dos Letrados. Entretanto, o sacerdote foi o primeiro a verificar sua batina, de alto a baixo, para ver se os trinta e três botões, que representam a idade de Cristo, ainda estavam no lugar e se os cinco botões de cada um dos punhos também estavam intactos. Apenas a faixa preta da cintura, representação simbólica de seus votos de castidade e de todos os sacerdotes da igreja católica, havia se desprendido, mas ele tratou logo de prendê-la novamente à cintura.

Quando a chuva passou, todos puderam ver o estrago. As pedras fecharam completamente a sétima curva. O Cânion da Lua ficou abarrotado de rochas que se desprenderam de seus próprios paredões. Os moradores agora seriam forçados a voltar pelo caminho mais largo e mais difícil. Mestre Virgílio ficou ali, embaixo daquele monte de rochas, de vegetação rasteira e barro vermelho. Acabou sendo sepultado no mesmo lugar em que foi encontrado.

Doravante, a Cova do Anjo, que ao longo dos anos e da história do Povoado tornara-se um lugar de causos sobrenaturais, deu lugar à Cova do Mestre.

Todas as demais coisas que se contaram sobre aquele sepultamento estão escritas no *Livro de Tombo das Extraordinárias Passagens do Povoado das Onze Mil Virgens*. Até mesmo a lista, em ordem alfabética, de todos aqueles que passaram à frente do féretro.

LIVRO DOIS

A Festa do Pato e o Fim do Mundo

OS CAVALOS DO RIO VERMELHO
E A CHEGADA DA SEGUNDA GRANDE
GUERRA MUNDIAL

Naquele tempo, os cavalos selvagens corriam livremente sobre o rio, como se fossem relâmpagos, tão velozes que nossos olhos mal conseguiam acompanhar. Eles flutuavam sobre o imenso Rio Vermelho, que se estendia do Monte da Febre, atravessava o povoado, circundava a Rua Direita Baixa, se encontrava com o Rio Miranda e desaguava no Rio Negro, bem à minha frente. - Narrava Seu Ananias - O barulho e o movimento da água espargindo para os lados a cada pisada dos cascos dos cavalos soavam como uma melodia ininterrupta até desaparecerem no grande Rio Negro, depois do Morro do Azeite. E de lá, cavalgavam para o oceano até mergulhar no horizonte. Era uma cena mágica. Tão incrível que se não fossem as pequenas ondas tocando meus pés fatigados, diria que os animais corriam sobre uma superfície alagada e rasa. Mas a visão não deixava dúvidas de que corriam mesmo sobre o oceano em direção ao infinito. Seu Ananias parou um pouco. Toda vez que narrava aquela história dos cavalos sem asas que sobrenadavam o Rio Vermelho, se emocionava.

Houve um breve silêncio no Clube dos Idosos. Os últimos acontecimentos colocaram em polvorosa a comunidade. A chegada dos peixes-voadores, acompanhados das cotovias; a volta do Profeta e a morte do Mestre Virgílio; a dúvida sobre a descoberta ou não do tesouro do mercador; os tremores no Cânion da Lua, o desabamento que quase matou todo mundo e, por fim, um "menino anjo" que caiu na varanda de Lameque. Parecia pouca coisa diante do que vinha acontecendo do outro lado do mundo. As notícias que chegavam através dos rádios de dona Janina, Seu Ananias, o subdelegado Josué, a Professora de Canto, o Administrador e o ferreiro da Casa Rosada, únicos felizardos possuidores daquele aparelho de informações, eram como os causos do velho carpinteiro e da beata Maria do Rosário, muito distantes da realidade do Povoado das Onze Mil Virgens.

O mundo estava em guerra naquele ano de 1942. As forças nazistas alemãs de Adolf Hitler invadiram a Polônia, explodindo assim a Segunda Grande Guerra Mundial. Uma guerra que mobilizou mais de cem milhões de militares e já havia matado milhares e milhares de pessoas, especialmente, civis. Enquanto o maior e mais sinistro conflito mundial da história se desenrolava em solo europeu, o Povoado das Onze Mil Virgens se perguntava se os cavalos encantados e selvagens, desprovidos de asas, de Seu Ananias realmente haviam existido.

Dona Janina, ouvinte assídua das radionovelas, não perdia sequer um capítulo de *Em busca da Felicidade*, pela Rádio Nacional. Na hora da entrada do Repórter Esso a dar as últimas notícias da guerra, fingia não ouvir o aparelho.

Tinha receio de que um dia, aquele conflito distante pudesse chegar ao Brasil. Seu Ananias fazia questão de ser o primeiro a dar as últimas e ser testemunha ocular da história, slogan que perpetuou na voz do jornalista ao ouvir tudo que se passava no Brasil e no mundo. Escutar "*A Hora do Brasil*" era um momento sagrado. A Professora de Canto se dizia ressabiada de tudo que ouvia dos programas transmitidos pelas rádios.

- Eles passam a imagem de um país muito certinho, harmonioso, indivisível e sem conflitos sociais. Dizia.

A crítica de Berenice Tanajura fazia sentido, já que aquela imagem passada pelo Estado Novo Brasileiro, governado pelo presidente Getúlio Vargas, tranquilizava a maioria dos ouvintes. Inclusive o subdelegado Josué, um verdadeiro patriota que colocava Getúlio como representante exclusivo de Deus na terra. Ai de quem abrisse a boca para criticar o presidente. Podia ser acusado de sedição, preso ou expulso do Povoado.

Os moradores haviam sido convidados pelo Administrador do Povoado, na noite anterior, para uma assembleia de emergência do Conselho da Comunidade. Precisavam decidir se, depois dos últimos acontecimentos, eles fariam ou não a Festa do Pato. Enquanto a reunião não começava, Seu Ananias contou a história dos cavalos selvagens, estimulado por João Silva, que viajava na fantasia do carpinteiro e se via montado na cernelha dos cavalos. Seu fascínio só não era maior que as aventuras do Capitão

Nemo quando lia e relia *"Vinte Mil Léguas Submarinas"*.

O Administrador quebrava a cabeça fazendo contas, com base no que a prefeitura daria. Se faltasse algum recurso, dividiria com todos. Restava saber se a comunidade estaria de acordo e disposta a colaborar. A beata Maria do Rosário achava difícil sair uma resposta positiva daquela reunião, principalmente por se tratar de um ano de eleições.

Quando Demas terminou de calcular em dois ou três pedaços de papel pautado, pediu a atenção de todos. Primeiro começou lamentando a morte de um dos moradores mais velhos da região, o Mestre Virgílio. Enalteceu seu trabalho como artesão, sua contribuição para a comunidade, sobretudo com a criação da Feira de Artesanato para a Festa do Pato. Mas disse também que se o Mestre estivesse ali ele seria o primeiro a dizer que a festa teria que acontecer. Afinal, ela, a festa, não é somente de um indivíduo, mas de toda uma comunidade. Neste momento foi interrompido pela presidente da Confraria dos Letrados.

- Seu Administrador, o senhor me desculpe, mas eu acho que a gente tem coisas mais importantes para decidir aqui que ficar discutindo se vamos ou não ter a Festa do Pato. Por mim, não teria. Sobretudo, repito, sobretudo, em memória do falecido.

- Como o quê, por exemplo, dona Isaura? Interrogou o Administrador.

- Como o quê? Quase gritou. Como o anjo que caiu na varanda do Seu Lameque! Ele vai ficar lá, na casa das putas? Afinal é um anjo. Não é?

Todos riram. Isaura Cornejo se irritou com a gargalhada do grupo. Voltou a resmungar com mais veemência.

- Eu não sei por que vocês estão rindo. Eu, se fosse vocês, ficaria extremamente preocupada. Algum de vocês já foi lá saber o que ele veio fazer aqui? Balançou a cabeça. Nova gozação. A presidente da Confraria estava quase perdendo a paciência.

O padre estendeu a mão tentando acalmar os ânimos. Pelo visto, a presidente da Confraria era a única ali que não sabia o que de fato havia ocorrido na Casa Rosada. O Padre Sizínio explicou para ela:

- Dona Isaura, minha querida. Não caiu nenhum anjo no Povoado. Muito menos na casa do senhor Lameque. Tudo não passou de uma brincadeira do menino Bituca.

- E foiii?! Ela ficou surpresa. Eu passei a semana toda com meu marido, ajoelhada, pedindo perdão a Deus e implorando para que ele não acabasse com tudo em Onze Mil Virgens. Eu cheguei a pensar que o desabamento do Cânion da Lua, que quase matou todos nós, foi por causa da queda do anjo!

- Felizmente, não foi isso. Aquele tremor foi uma fatalidade. Tranquilizou o sacerdote.

- Não podia ser o anjo. Ele caiu um dia antes do

desabamento do Cânion da Lua, lembrou Juarez.

- Desabamento, não, meu filho! O Cânion da Lua foi explodido! O subdelegado saiu do fundo do salão falando alto. Havia acabado de chegar à reunião. Aquela revelação surpreendeu todo mundo.

- Na verdade, o Povoado das Onze Mil Virgens foi atacado por uma bomba de guerra! O espanto foi geral. Todos aqui devem ter sentido o cheiro de pólvora quando o desmoronamento começou. Eu senti, mas para ter certeza de minha suspeita, voltei ao local, examinei mais de perto e encontrei isso. Exibiu pedaços de metal retorcido de cor escura. Não dava para afirmar se se tratava mesmo de restos de uma bomba de guerra. Ninguém se atreveu a contestar o subdelegado.

Houve novo espanto. Desta vez mais demorado. Labão quebrou o silêncio.

- Eu não vi nenhum avião passar no Monte da Febre naquele dia do funeral. De onde veio esta bomba, seu Josué? Contestou Labão.

- O senhor acha que eu estou mentindo? Levantou a voz apontando o dedo para o filho de Tiagão. Todos sabem que naquele dia caía uma tempestade como chuva de cântaros! Vociferou, como se fosse o Prefeito no início de seus discursos embaraçados.

Juarez arqueou as sobrancelhas ao ouvir a comparação esdrúxula do pai. A imagem que lhe veio instantaneamente foi a de centenas de vasos de barro, de bojo largo e gargalo, caindo sobre o povo no dia da tragédia. Este era o significado literal da palavra "cântaro", usada por seu pai naquele falatório. O subdelegado tinha o costume de dizer palavras de que não conhecia o real significado só para as frases ficarem mais bonitas. Prosseguiu:

- Vocês hão de concordar comigo que os trovões e os raios cobriram o barulho do avião. Justificou o subdelegado. Assim que confirmei a existência da pólvora que eu encontrei no Cânion, liguei para o quartel general de Vila Bela, informei o ocorrido e eles me disseram que nós poderíamos ter sido bombardeados!

- Com apenas uma bomba? Questionou dona Ruth.

- Se foi uma, duas ou três bombas só os peritos do Exército poderão confirmar. Neste exato momento, o 44º Batalhão de Infantaria Motorizada está a caminho do Povoado para averiguar a situação e nos proteger. Além da bomba que caiu sobre nós, dois navios da Marinha brasileira também foram afundados por embarcações alemãs. O presidente Getúlio Vargas ordenou às Forças Armadas que entrassem na Guerra imediatamente. Portanto, a partir de hoje, o Brasil se unirá aos aliados para combater o império do mal.

- O doutor subdelegado está falando a verdade. Ouvi isso ontem na Rádio Nacional. Confirmou Seu Ananias. Eu só não sabia da bomba.

- O senhor não é adivinho? Zombou dona Isaura

Cornejo apontando para o carpinteiro.

Dona Janina começou a passar mal. Todas as noites, no silêncio do seu quarto, escutando a Rádio Nacional, ignorava o Repórter Esso com suas últimas notícias sobre a guerra. O medo da chegada do conflito ao povoado agora era uma realidade. Berenice lhe ofereceu um copo com água. Também ficou visivelmente nervosa.

- De hoje em diante – o subdelegado subiu num banco de madeira para que todos pudessem vê-lo e ouvi-lo - até que o conflito mundial chegue à consumação – desta vez usou a palavra correta – nenhuma luz poderá ficar acesa à noite para que não sejamos alvo de bombardeios. Assim que escurecer, devemos apagar tudo. Portanto, vamos dormir com as galinhas e acordar com os galos. Preceituou o subdelegado.

- Quem vai dormir no galinheiro é o senhor, não eu! Protestou dona Ruth irritadíssima, para em seguida acrescentar:

– Quem aguenta aquele fedor de bosta? A gargalhada tomou conta do salão.

O padre repreendeu a bodegueira, tremeluzindo as sobrancelhas, por cima dos óculos e, ao mesmo tempo, segurando o riso no canto esquerdo da boca:

- Irmã... abriu um pouco mais a boca imitando a beata Maria do Rosário quando se preparava para contar a história de Ló e Raquel de Simões. Ela percebeu. O padre deu prosseguimento esclarecendo o mal-entendido:

- O subdelegado quis dizer que devemos dormir cedo e acordar mais cedo ainda. Ninguém aqui falou em dormir no galinheiro.

- Mas eu tenho medo do escuro, padre! O que vou fazer?– Continuou dona Ruth com um olhar apreensivo. O subdelegado a acalmou.

- Seu caso é um caso a parte, dona Ruth. Prometo pensar nele com carinho. Por hora, vamos apagar tudo. Evitem fogueiras, queimadas e clareiras. A ordem é ficar tudo no escuro a partir das dezoito horas. Pelo menos, até a ameaça de ataque cessar. Finalizou.

- Então, não teremos a Festa do Pato este ano? Bradou o Administrador preocupado com as contas e a campanha do Prefeito.

- Teremos sim. Desde que a festa termine antes do dilúculo! – Exclamou o subdelegado, estufando o peito ao proferir uma palavra nova, bonita e diferente de todas as que já havia dito. Juarez baixou a cabeça. O padre cobriu a boca, dona Ruth quis logo saber o que era aquilo:

- O quê? Dilúculo! Balbuciou. Que bicho é esse?

O subdelegado esboçou um sorriso sobranceiro e respondeu sem pestanejar:

- Dilúculo, dona Ruth, quer dizer, "anoitecer". A festa tem que terminar antes do anoitecer, entendeu? Explicou. Juarez balançou a cabeça. Queria ser policial igual ao pai, porém, sem as mesmas gafes que ele cometia. "Dilúculo" não é o mesmo que "anoitecer", é sinônimo de alvorada, nascer do sol, amanhecer. Se alguém resolvesse corrigir o subdelegado poderia receber na hora, voz de prisão, por desacato à autoridade.

- Ótimo! Se satisfez Demas após a explicação sobre o "dilúculo". Então vamos ver quanto vai ficar para cada grupo as atividades que estão previstas. Conferiu as anotações. Se todo mundo participar, vai dar um cruzeiro para cada um!

- Isso é um assalto! Gritou a Professora de Canto.

- Assalto não, é uma extorsão! Se quiser que a festa aconteça, senhor Administrador, o Prefeito é que tem que bancar tudo. Do meu bolso não sai um centavo! Discursou Isaura Cornejo. Afinal, eu pago todos os meus impostos. Eu duvido, resolveu usar a Professora de Canto como exemplo, que dona Berenice receba desconto da prefeitura no Alvará que ela paga todo ano para fazer funcionar o Conservatório de Música. Recebe, professora?

- Não! Nunca recebi. Pelo contrário, a cada ano que passa o valor aumenta, como se a gente ganhasse uma fortuna ensinando aquelas pobres crianças carentes. Pronunciou Berenice.

A grande maioria foi contra o financiamento de parte da festa com recursos dos próprios moradores. O Administrador tentou convencê-los de que a prefeitura sozinha não conseguiria arcar com todas as despesas. Dona Augusta disse que não ganhava o suficiente para poder contribuir. Zé Domingos alegou que a venda dos cordéis havia diminuído e que, infelizmente, não teria como ajudar. O professor Bernardo Guimarães topou cooperar, desde que o Prefeito prometesse construir uma escola ginasial no povoado. No final, o Administrador não logrou êxito com seu projeto, tampouco com o conceito do financiamento coletivo, contemporâneo demais para os moradores do Povoado.

- Bem, se é assim... Disse resignado, pronto para implantar a última falação. Quem sabe se alguém não se comovia e resolvia compartilhar daquela iniciativa singular do Administrador? Então, já que todos vocês... Parou subitamente quando Matusalém, com sua vara encantada, entrou porta adentro no Clube.

Um silêncio sepulcral tomou conta do lugar. Aquele tipo de silêncio em que você está prestes a ver o destino de alguém. Pelo menos foi assim que o jovem Juarez descreveu aqueles semblantes apavorados, com os olhos a saltar dos rostos. Sepulcro, campa, mausoléu, tumba, túmulo, catacumba, cova não importava a designação, aquele era o destino certo de todos aqueles que resolvessem cruzar o caminho do Profeta. Depois da morte do Mestre Virgílio, todos pensaram que a missão do Profeta havia sido cumprida e ele partiria logo. Porém, quando ele entrou no Clube dos Idosos naquela tarde, dona Isaura Cornejo deu de costas, tentando se arrastar pela parede, que nem caranguejo. O subdelegado acompanhou com os olhos a entrada silenciosa do andarilho, à procura da sua próxima vítima. O extinto policial falou mais forte, mas não foi capaz de descobrir a quem se dirigiria o Profeta na reunião. Dona Ruth e dona Janina se abraçaram, resfolegando. As pernas balançavam que nem gelatina no prato quando o Profeta as encarou. Isaura Cornejo suspirou aliviada. O Comprador de Almas, no centro do salão, seu lugar preferido nas reuniões do Conselho, baixou a cabeça para não encarar Matusalém. O subdelegado continuou com os olhos compenetrados. Desejoso de um movimento mais agressivo do Profeta para que ele pudesse autuá-lo ali mesmo. Juarez, que observara a ansiedade dos presentes, passou a observar a reação do pai. Queria aprender como se comporta um chefe de polícia numa situação como aquela. Tensa.

Antes de abrir a boca, Matusalém resolveu dar mais uma volta no salão. Dona Janina desfaleceu nos braços de dona Ruth, não se sabe se foi de alívio ou de desespero. Foi aí que o subdelegado se certificou de que o andarilho procurava mesmo uma vítima. Passou a mão na cintura, mordeu o lábio superior, coçou ligeiramente o nariz e armou o bote para prender Matusalém. Quando decidiu esticar a perna para dar o primeiro passo, o Profeta iniciou sua profecia fazendo alusão ao profeta Isaías e ao fim dos tempos:

- O dia do Senhor está próximo! Dia cruel, de ira e grande furor, para devastar a terra e destruir os seus pecadores. Vocês todos viram! Ampliou a voz. Houve um grande terremoto que quase matou a todos. O sol ficou escuro como pelo de crina negra, toda a lua tornou-se vermelha como sangue, e a estrela do céu caiu sobre a Terra como figo verde cai da figueira quando sacudido por um vento forte. O Profeta também usou uma passagem do Apocalipse para ilustrar o último acontecimento do Povoado, durante o sepultamento do Mestre Virgílio. Caminhou mais uma vez pelo salão, até parar em frente ao sacerdote dizendo:

- Mas vocês, irmãos, ficarão nas trevas por um tempo. Não deixem que sejam surpreendidos pelo ladrão. Vocês todos são filhos do dia. Voltou-se para dona Ruth. Não somos da noite, nem das trevas! Ela fez o sinal da cruz três vezes seguida. Ele prosseguiu sem titubear. Fiquem atentos e sóbrios. Retornou ao padre Sizínio. Pois os que se embriagam, embriagam-se de noite. O padre engoliu em seco. A beata Maria do Rosário esticou um tímido sorriso no canto da boca. Tudo que se oculta, um dia se revela, pensou ela.

O Profeta fechou os olhos, ergueu o cajado para o alto e se dirigiu ao centro do salão. Uma luz vestiu o franciscano de azul. Naquele instante, a beata Maria do Rosário teve a certeza de que Matusalém era um emissário de Deus. Diferente do Comprador de Almas, que começou a transpirar. As mãos tremeram, as pernas fraquejaram. O andarilho concluiu seu discurso sagrado recomendando que cada um ali se vestisse da *couraça da fé e do amor e o capacete da esperança da salvação. Porque Deus não nos destinou para a ira, mas para recebermos a salvação por meio de nosso Senhor Jesus Cristo*[1].

Quando encerrou e partiu determinado na direção da saída, todos ficaram calmos. Quem tinha que morrer, já tinha morrido. Meditou Tiago de Alvarenga, fazendo referência ao passamento do Mestre Virgílio como prova da volta do Profeta ao povoado. Todavia, para surpresa e pavor de quem achava que ele havia terminado, abrupto, virou-se para doutor Bandeirante, que o tempo todo se manteve quieto, atrás do professor de Língua Portuguesa e profetizou sério e seco:

- Faz o que tem que fazer, depressa. A hora de adormecer chegou!

---

1. Tessalonicences 5:4-9.

A CHEGADA E A PARTIDA METEÓRICA
DO 44º. BATALHÃO DE INFANTARIA
MOTORIZADA DE VILA BELA

Os militares chegaram cedo ao Povoado das Onze Mil Virgens. Crianças e jovens se penduraram nas janelas das casas, mulheres se cobriam com cobertores, homens já estavam a caminho da lavoura. Alguns idosos como a beata Maria do Rosário, que morava ao lado da Casa das Freiras, e Seu Ananias, que residia depois da Rua das Putas Tristes, acordaram primeiro que a chegada dos quatro caminhões, dois tanques de guerra e um jipe equipado com um rádio transmissor, transportando o comandante da infantaria, o coronel Diego de Magalhães.

O subdelegado Josué Silva, 2º Sargento da polícia militar, vestiu um uniforme oficial e posicionou-se desde cedo ao lado do Monumento das Virgens, aguardando a chegada do comboio militar. Demas, como Administrador do local, fez-lhe companhia representando o Prefeito. Antes de estacionarem em frente à Igreja de Santa Úrsula, fizeram um reconhecimento da área, apontando possíveis espaços vulneráveis à invasão inimiga. O Povoado foi tomado por soldados. Dezenas deles. Cada um empenhando um fuzil, além de uma parafernália de artefatos de guerra pendurados ao corpo.

O coronel desceu do jipe e caminhou até os anfitriões, ao lado de um subtenente franzino, de testa larga e nariz encurvado. O comandante, um caucasiano de olhos verdes, bigodes a *la Salvador Dalí*, muito pontiagudos nas extremidades, foi direto ao assunto assim que cumprimentou o subdelegado. Um grupo de soldados se espalhou pela praça, cobrindo a retaguarda do coronel; outro subiu marchando a Rua Direita Baixa e um terceiro partiu na direção das perobas-rosas. Um quarto pelotão, a mando do comandante, montara uma barricada no cume da Ladeira da Gameleira, para restringir a entrada e a saída dos moradores. O Administrador resolveu ironizar a tática do coronel, achando um exagero o número de militares para um Povoado tão pequeno como o de Onze Mil Virgens. Acabou sendo repreendido severamente.

- Quer ensinar o meu trabalho, senhor Administrador? O coronel desfechou um olhar de cima a baixo. O Administrador se encolheu e apenas sacudiu a cabeça em sinal de negação. Em seguida, para amenizar a aspereza, elogiou a limpeza e a organização do lugar, sobretudo o cuidado com a Igreja e o Monumento ao lado deles. O coronel quis saber quem havia sido o artista que criara tamanha beleza.

- Foi um escultor holandês em viagem pelo mundo que passou um tempo aqui conosco. Respondeu o Administrador, aproveitando para contar cada detalhe da escultura no centro da praça. Ele só não era melhor que a beata Maria do Rosário para falar sobre aquele Monumento histórico, mas sabia explicar os pormenores da criação daquela obra de arte após ter ouvido a história dezenas de vezes.

- Como é que esta pedra metamórfica veio parar aqui? Quis saber o coronel sobre a rocha que deu origem ao Monumento das Virgens.

O Administrador prosseguiu:

- Coronel, este é mais um dos mistérios do Povoado das Onze Mil Virgens. Ela já estava aqui, antes mesmo do nascimento do povoado. Quando o artista viu esta pedra, no meio da praça, e soube da história que deu origem a este lugar, não teve dúvidas. Nos presentou com esta obra de arte.

O Comandante do 44º. Batalhão de Infantaria Motorizada tocou suavemente a obra, impressionado com o acabamento, os detalhes e a perfeição das dez virgens mortas, cobertas, cada uma, por um panejamento minucioso que escapulia, entre uma e outra, os seios pueris. Todas foram distribuídas, cuidadosamente, ao redor dos pés de Santa Úrsula. Mais acima, um guerreiro, bárbaro, com um capacete de chifres, vestido por uma armadura. A mão direita empunhava uma espada e a esquerda cravava uma lança no peito da santa. Por trás da padroeira, onde havia sido encurralada, três querubins, no alto de uma escada, de braços abertos, prontos a recebê-la no céu. A imagem angelical da santa, bem como a jovialidade de cada uma das virgens sobre seus pés transmitiam uma serenidade curiosa. De qualquer ângulo da praça, dava-se a impressão de que Úrsula acompanhava o contemplador com seus olhos pequenos e belos. Em contraposição à face do bárbaro, feroz, frio, com os olhos fixos na face tranquila da santa.

O Monumento das Virgens era uma escultura extremamente polida e acabada, quase perfeita, esculpida em mármore vermelho, único, naquele pequeno pedaço do povoado. O coronel se emocionou.

- É uma obra prima! Exclamou.

- Pelo visto, o coronel gosta muito de arte. O subdelegado interrompeu a contemplação do comandante.

- Disse muito bem, subdelegado. Arte! A mais pura arte! Vamos trabalhar? Me mostrem o local do ataque. Fez sinal para que os anfitriões avançassem a sua frente.

O subdelegado e o Administrador conduziram o coronel e todo o seu regimento até o Morro da Febre. Quando eles chegaram na Trilha das Sete Curvas na subida do Morro, um dos militares, que fazia parte do pelotão e ia de batedor logo à frente, se agachou subitamente depois de sentir um cheiro forte de ovo podre. O soldado que fazia parte da comissão de análise do solo notou uma substância amarela, mole, frágil e leve. Ao esfregá-la entre os dedos e sentir mais de perto seu odor testificou:

- É enxofre, coronel.

- Enxofre? Questionou o comandante.

- Sim. A montanha inteira é um barril de enxofre. Desde a primeira curva que eu venho notando esta substância no caminho. Girou na direção do subdelegado indagando:

– Existe alguma mina de carvão aqui por perto?

- Existia a Grota do Tatu! Ela fica depois destas rochas. Só dá para passar agora escalando ou fazendo a volta. O desabamento fechou a sétima curva. O velho Virgílio está sepultado logo aí embaixo.

O soldado e o coronel se entreolharam. Enxofre e carvão vegetal eram dois elementos indispensáveis na composição de uma das maiores invenções do ser humano: a pólvora. O soldado se aproximou das rochas que fechavam a entrada da sétima curva e notou que em grande parte delas havia inúmeros cristais brancos. Ao passar a ponta dos dedos num pedaço longo de pedra e levá-los a boca, percebeu que os pequenos cristais encrustados na rocha tinham um gosto característico de nitrato de potássio, e exclamou:

- Só pode ser brincadeira! Riu.

- Do que você está falando, soldado? Interrompeu o coronel.

- Essas pedras úmidas estão salgadas! Exclamou outra vez, num misto de surpresa e encantamento.

- Sim! Retorquiu o subdelegado. No inverno, quando a umidade é maior, as mulheres do Povoado vêm até aqui e raspam estes cristais brancos das rochas e fazem o sal. Dizem que este é o melhor sal do Brasil.

- E rocha produz sal? Perguntou o subtenente

mais atrás.

- No Povoado das Onze Mil Virgens, sim. Josué bradou orgulhoso.

- Senhores, o coronel se posicionou mais a direita, estamos diante do maior barril de pólvora do mundo! Portanto, guardem suas armas, escondam seus isqueiros. Nossa missão aqui acabou!

E todos, sem exceção, berraram numa só voz:

- Viva!!!

Só o subdelegado que ficou ali, parado, sem entender nada, não compartilhou da alegria do batalhão. No caminho de volta o coronel explicou que o terreno e as substâncias ali encontrados transformavam o Monte da Febre num barril de pólvora. E que a combinação daqueles elementos com os raios que caíram na tarde do funeral provocou as explosões e, consequentemente, o desabamento. Foi a análise mais rápida e mais precisa que o subdelegado tinha visto. Ficou impressionado.

- Então quer dizer que nós não fomos atacados? Inquiriu o subdelegado, decepcionado.

- Não aqui. Mas dois dos nossos navios foram afundados, bem longe da costa brasileira. Nenhum avião de guerra jamais sobrevoou Vila Bela. Pelo visto, subdelegado, foi alarme falso. Garantiu o coronel.

- E agora? Indagou ele com os olhos lacrimejantes.

- E agora nós vamos embora e o Povoado das Onze Mil Virgens segue seu rumo. Nós temos uma guerra para vencer. Nossos aliados nos esperam do outro lado do Atlântico. Estendeu a mão para apertar a do outro:

— Boa sorte! E entrou no jipe, seguido pelos caminhões e os tanques. Ninguém entendeu nada quando a barricada foi desfeita e os militares foram embora no mesmo dia que chegaram.

ESMERALDA

Quando o último carro de combate, conhecido comumente como tanque de guerra, deixou o Povoado das Onze Mil Virgens, escoltado pela gritaria de um bando de meninos até o final da Ladeira da Gameleira, por pouco não atropelou a carruagem circense de uma trupe de artistas que entravam na comunidade. O veículo se desviou a tempo, provocando um enorme susto nos cavalos e seu condutor.

O homem de cabelos compridos e barba por fazer, não conseguiu conter a inquietação dos animais que saíram em disparada ladeira abaixo. Os meninos que se divertiam nas marcas das esteiras do tanque começaram a gritar quando viram que estava prestes a acontecer um terrível acidente. A carruagem arrastada em grande velocidade pelos cavalos assustados, conseguiu, pelas mãos hábeis do condutor, fazer a curva no pé da ladeira e entrar, ainda em disparada, na Rua Direita de Cima. Faltavam pouco mais de duzentos metros entre a bifurcação que levava à Rua Direita Baixa e a rua sem saída que dava no Rio Vermelho.

João e Juarez cavalgavam pela ponte que ligava as duas ruas quando viram o veículo subir desgovernado rumo a passagem mais perigosa do rio. Juarez, pressentindo o pior, instigou o cavalo em rápido galope e partiu na direção da carruagem para impedir que todos caíssem no rio. Foi uma decisão arriscada. João, encorajado pela iniciativa do irmão, foi logo atrás. Quando ambos conseguiram segurar as rédeas dos cavalos assustados, a carruagem balançou, como se as rodas dianteiras fossem se desprender. Se acontecesse, o condutor teria morte certa, assim como todos que estavam em seu interior.

Juarez, João e o condutor cabeludo uniram suas forças e puxaram as rédeas dos animais até o limite de suas forças ordenando aos cavalos que parassem. Juarez quase deslocou o braço e João foi impulsionado para frente. Porém, não largaram as rédeas. Quando, finalmente, os cavalos resolveram obedecer à ordem de parada, a carruagem ficou às margens caudalosas do Rio Vermelho. De dentro do veículo saiu uma senhora de meia idade, olhos grandes e peitos enormes, quase saltando do vestido camponês, com a mão apertando o coração, recuperando-se do susto que levara. Logo em seguida veio uma jovem atriz, com duas longas tranças douradas à altura do umbigo, olhos brilhantes e castanhos, que, ao serem confrontados pelo sol daquele final de tarde, pareciam azuis. Seus lábios eram tão delicados e ligeiramente preenchidos que ficaram estranhamente maiores quando ela sorriu agradecendo aos jovens cavaleiros corajosos. O condutor quando conseguiu descer da carruagem, tratou de soltar os cavalos e de agradecer também aos irmãos.

- Muito obrigado, cavaleiros. Sou Juan de Marco. Disse, em sotaque estrangeiro, e estendeu a mão para cumprimentar Juarez, depois João, ao mesmo tempo em que apresentava a família:

- Esta é minha esposa Josefina e esta é minha filha, Esmeralda. Somos da Trupe Teatro Popular de *Nuestra Señora María de la Asunción.*

- Encantada! Disse a jovem em sotaque castelhano esticando as bordas da saia longa com os dedos indicador e polegar e dobrando ligeiramente os joelhos.

- Sejam bem-vindos ao Povoado das Onze Mil Virgens! Disse Juarez para Juan de Marco. Em seguida, virou-se para Esmeralda e a cumprimentou inclinando, respeitosamente, a cabeça e o busto, surpreendendo-a na sua língua natal: - *Estoy deslumbrado por tu belleza. Creo que me enamore!*

João ergueu as sobrancelhas igualmente surpreso com a saudação do irmão. Depois indagou:

- A companhia é formada somente por vocês?

- Sim. Quer dizer, não. Somos uma trupe familiar. Meus outros dois filhos tiveram um pequeno problema na estrada. Uma das rodas da carruagem se partiu. Soubemos deste povoado e viemos aqui atrás de ajuda. Estamos indo para Vila Bela. Respondeu Juan.

- Por que não passam a noite aqui? As estradas são perigosas a noite. Convidou Juarez.

- E nós estamos em guerra! Avisou João.

- Nós quase fomos atropelados por uma daquelas máquinas dos infernos! Exclamou o paraguaio furioso, para depois exprimir um palavrão em sua língua:

- *Concha de la lora!*– A esposa logo lhe desferiu um olhar reprovador.

- Nós podemos ajudá-lo. Conheço um carpinteiro que pode consertar a roda de sua carruagem. Disse Juarez.

- Pelo visto, não será só a carruagem dos meus filhos que irá precisar de conserto. A nossa também. Juan apontou para a engrenagem da carruagem, à margem do rio. As rodas dianteiras estavam rachadas.

- Então vamos logo. O sol já está se pondo. Temos que trazer seus filhos para o povoado o quanto antes. Apressou João já montando no cavalo. Juarez fez o mesmo. Mas antes tratou de se despedir de Esmeralda. O estrangeiro pegou um dos cavalos que havia desprendido da carroça e foi com eles.

- Não sabia que você fala esta língua estrangeira. Disse João surpreso, apressando o passo do equino.

- Não falo. Saiu do coração. Juarez esboçou um largo sorriso.

- E o que você disse a ela? João ficou curioso.

- Que fiquei maravilhado com a beleza dela. A frase quase não saiu inteira. O pai da jovem atriz estava bem ao lado dele. Antes que ele pudesse dizer mais alguma coisa, tentando se justificar, o estrangeiro disse uma frase inesperada, fazendo referência ao que ele havia dito à sua filha:

- *El habla el lenguaje del amor.*

Juarez bosquejou um novo sorriso. Desta vez mais demorado que o anterior. João não entendeu nada.

O ANJO QUE "CAIU" DO CÉU
E A ESCADA DO INFINITO

Samuel se encontrou com Bituca na Rua Direita de Cima, como faziam todas as tardes. Pela manhã, estudavam na Escola Municipal de Ensino Fundamental, que ficava no final da Rua Direita Baixa. Samuel completara dez anos. Usava uma sandália de couro, bermuda e uma camisa amarela, faltando um botão na parte inferior. Quando sorria, faltavam-lhe dois dentes. Dizia com orgulho que ele mesmo arrancara quando eles amoleceram. Trazia um saco, com uma pequena lata dentro. Antes mesmo de chegar perto do amigo foi logo indagando:

- Bituca, você sabe onde fica o vento quando ele não sopra?

- Não. Respondeu o outro.

A princípio ficou decepcionado, pois tinha certeza que o amigo sabia. Afinal, de todos os colegas da escola, Bituca era o mais inteligente. Sabia tudo de instrumento musical, tocava gaita, violão e flauta. Calculava com rapidez as contas que a professora de matemática passava. Nas aulas de redação com o professor Bernardo Guimarães sempre tirava dez. Todavia, onde o vento fica quando não sopra, ele não sabia. Resolveu então fazer outra pergunta:

- Mas você sabe por que sai faísca quando a gente bate uma pedra em outra pedra? Dobrou o pescoço feito lagartixa na frente dele.

- Também não! Riu. Depois mudou de ideia quando percebeu que Samuel não se conformaria enquanto não saísse uma resposta. Disse então com ar de professor:

- Quando a gente bate uma pedra na outra, sai faísca porque o movimento não se perde, nem se apaga, transforma-se em outra coisa, a faísca. Observe, ele se agachou, pegou dois pedaços de pedra dura para explicar melhor. O movimento da pedra vem do movimento do braço. Se eu bato uma na outra... pá! Faz um novo movimento produzindo luz quando elas se batem, ou seja, a faísca. Uma coisa sempre gera outra coisa. Entendeu? Concluiu animado.

Samuel ficou de boca aberta. Agora já não estava mais decepcionado. Voltou a falar do vento, queria mesmo saber se Bituca sabia onde o vento ficava quando não estava soprando.

- Depois eu respondo isso. Você trouxe o betume?

- Trouxe. Está aqui. Mostrou o saco de papel com uma lata cheinha de goma da terra[2] e entregou a Bituca. Em seguida acrescentou:

- Tive que pegar escondido do meu avô, senão ele iria fazer um monte de perguntas.

- E se seu Lameque pegar a gente? Samuel ficou apreensivo.

- Você não viu que depois que os peixes-voadores foram embora ele pegou o caminho para Vila Bela? Ele só

---

2. Os Incas chamavam o betume de Goma da Terra.

vai chegar mais tarde agora. Dá tempo de a gente descobrir se é verdade a tal Escada do Infinito.

- Meu avô Ananias disse que é. Foi ele quem ajudou a construir. Disse até que um homem do estrangeiro[3] quando esteve aqui ficou tão encantado com a escada que pintou um quadro em sua homenagem. Revelou Samuel, para depois indagar mais preocupado ainda:

- E se a gente se perder por lá? Dizem que você não sabe quando está descendo ou subindo e que a escada parece mais um labirinto.

- Isso nós só vamos saber quando entrar. E saiu com pressa na direção da Rua das Putas Tristes. Samuel correu atrás.

A beata Maria do Rosário foi quem saiu com a história de que, embaixo da Casa Rosada, existia um porão com uma Escada do Infinito. O lugar, na verdade, seria uma espécie de esconderijo caso um dia Vila Bela fosse invadida pela guerra. O prostíbulo, cópia fiel do mais antigo meretrício do estado, era apenas uma fachada para abrigar o esconderijo. Há quem diga que o governador tinha conhecimento do local e que ali seria, provavelmente, seu refúgio. Nos tempos áureos do café, o poder aquisitivo

---

3. O menino Samuel aqui faz referência ao pintor holandês Maurits Cornelis Escher, um mestre da criação de "cenários e figuras impossíveis de ocorrer no mundo real". Provavelmente ele esteve no Povoado das Onze Mil Virgens antes da Casa Rosada fechar as portas para a prostituição. O coronel Lameque foi seu anfitrião. Ele não nega nem desmente esta história. (N.A.).

do coronel Lameque lhe permitia certas excentricidades, como a construção de um esconderijo de guerra, ser proprietário de um dos primeiros caminhões suecos a gasolina, financiar o Monumento das Virgens, na Praça da Igreja, queimar nota de mil cruzeiros para acender charutos cubanos e trazer perfumes, tecidos e especiarias da Índia.

A história da escadaria foi confirmada por Seu Ananias. Alguns curiosos tentaram entrar no casarão para ver se era verdade mesmo. Muitos foram recebidos a bala, pelo ferreiro. Outros se perderam nos quartos. Mas ninguém nunca viu a tal Escada do Infinito, o esconderijo secreto do coronel. Contam também que quando Lameque perdeu tudo, ficou devendo a outros fazendeiros e muitos banqueiros. Como não tinha como pagar, se escondeu por um tempo até que a crise passasse. Depois que a Casa Rosada fechou para o prazer, ele passou a morar sozinho no local. Um dia, homens armados vieram para matá-lo. O primeiro tiro foi dado de longe e acertou seu braço na varanda. Ele entrou se arrastando para o casarão. Os homens entraram logo atrás. Revistaram cada um dos cômodos da casa e não o encontraram. Eles continuaram vindo por dias, mas, não conseguiram encontrar o coronel.

- Então a Escada do Infinito existe mesmo! Exclamou Bituca quando ouviu várias vezes esta história de Samuel.

- Eu não te disse que meu avô disse? Piscou o olho. Você só não me disse como a gente vai entrar lá, na casa de Seu Lameque, sem que ele e as mulheres dele saibam. E para quê é mesmo o betume?

- Uma pergunta de cada vez. Para entrar vai ser fácil. Você atrai as mulheres para fora e eu entro pelo fundo. Disse Bituca, explanando o engenhoso plano.

- E o betume? Insistiu Samuel.

- O betume? Ficou pensativo. Eu ainda não sei. Só sei que vamos precisar dele. É intuição. Concluiu.

- O que é intuição? Perguntou curioso.

- Samuel, você não pode ficar um minuto sem perguntar alguma coisa? Bituca se zangou.

- Se não me disser o que é intuição, acabou nossa missão. E cruzou os braços na frente dele e fez cara de raiva.

- Está bem, está bem... Intuição é uma coisa que a gente sente que vai acontecer, mesmo sem saber se vai acontecer, entende?

Samuel arqueou as sobrancelhas e abriu a boca como se tivesse feito uma grande descoberta. Segurou Bituca pelo braço e explicou do jeito que ele havia entendido.

- É como se a gente tivesse a certeza de que a Escada do Infinito existisse, mesmo sem ter visto!

- É. É isso. Vamos adiantar, senão seu Lameque chega de Vila Bela e a gente não entra no casarão. E apressou ainda mais os passos.

Samuel parou em frente a porta principal na

varanda da Casa Rosada. O prostíbulo de outrora recebera este nome por causa da cor rosada de sua pintura. Lameque queria que tivesse o mesmo nome do Palácio das Águias, na época de sua inauguração, afinal era uma réplica do maior e mais famoso bordel do estado, mas foi aconselhado a batizá-lo por outro nome. Quando o menino subiu os degraus e bateu na porta, Bituca pulou a cerca mais adiante e parou em frente a um galinheiro. Enquanto Samuel era recebido por Margarida e Rosa, Bituca teve uma ideia de menino. Passou o betume em todo o corpo, entrou lentamente no galinheiro e se encheu de penas brancas da cabeça aos pés.

Margarida e Rosa convidaram Samuel para entrar, depois de convencê-las de que fazia um trabalho de escola, entrevistando os moradores da Rua das Putas Tristes sobre a possibilidade de o logradouro mudar de nome. Perguntou por diversas vezes pela terceira esposa de Seu Lameque, a que tinha os olhos puxadinhos e cabelos lisos que nem crina de cavalo. À medida que inventava uma questão sobre a mudança da rua, esticava a cabeça para olhar para o interior da casa para ver se via Violeta. As outras começaram a desconfiar da insistência do garoto sobre a mais velha das senhoras do casarão.

- É porque a opinião dela é muito importante, sabe? Justificava.

Bituca conseguiu entrar pela cozinha, deixando marcas de betume no chão de madeira. Percorreu cada um dos quartos, até cruzar agachado a sala sem que as mulheres o vissem. Samuel arregalou os olhos e quase denunciou o amigo quando o viu passar ligeiramente por trás delas como um rato calunga. Não havia mais lugar que pudesse procurar, nem portas que levassem a um porão ou coisa parecida. Samuel já estava ficando sem assunto. Repetira a mesma pergunta cinco vezes a cada uma das esposas de Lameque, exceto Violeta, que ainda não havia aparecido.

Bituca, convencido de que não encontraria a Escada do Infinito, fez o mesmo percurso de volta, passando pelo corredor que dava acesso direto à cozinha. No caminho, havia uma parede com quadros de Lameque do tempo em que ele era chamado de coronel. Estavam bem posicionados, distribuídos entre os quatro pontos cardeais: norte, sul, leste e oeste. No centro de todas aquelas fotografias, a insígnia do coronel, emoldurada, em vidro e prata. O menino se admirou. Quis tocar na moldura quando foi surpreendido por dona Violeta. O grito dela chamou a atenção das outras na sala. Samuel levou as mãos ao rosto imaginando o pior. Bituca, no susto, empurrou a moldura para frente e uma parede falsa, do tamanho de uma porta comum, se abriu e ele caiu escada abaixo. Violeta tentou agarrá-lo, mas ele escapou e, ao invés de voltar, desceu ainda mais os degraus. Ele havia encontrado a Escada do Infinito.

Bituca contou a Samuel, no dia seguinte, que não sabia quantos degraus desceu, nem quantos degraus subiu.

Só dizia que descia, descia, descia e depois subia, subia, subia e quando pensava que estava subindo, de repente, descia. E quando pensava que descia, de súbito, subia. As escadas o levaram para cima e para baixo. As luzes daquele labirinto de degraus não criavam sombras, fazendo com que ele ficasse desorientado, embaralhando sua visão.

No final de um lance de escadas, já cansado, encontrou uma portinhola que o levou até um compartimento entre o forro e a armação do telhado, era o sótão. Correu o mais rápido que pôde na direção da luz que vinha de uma passagem estreita, por onde passavam os morcegos que faziam morada naquele desvão. Quando passava pelo buraco, os morcegos se assustaram e voaram por cima dele. Bituca se desequilibrou e caiu em cima do beiral, quebrando as telhas e se esborrachando na varanda do casarão.

O resto da confusão, Samuel já sabia.

A PLACA DA DISCÓRDIA

Berenice contou com a ajuda de Juarez, seu aluno de flauta doce, o instrumento que mais se aproximava da voz humana, não só por sua afinação, tampouco por suas contexturas e gamas, mais porque emitia um som perfeito, para a fazer a placa de divulgação das novas vagas do Conservatório de Música do Povoado das Onze Mil Virgens. Juarez cortou as tábuas, serrou e pregou os pés de madeira e pintou a base para o desenho das letras góticas que a Professora de Canto desenhou com capricho. Quando terminaram, escolheram o melhor lugar para expô-la. Quanto mais visível ficasse, maior a chance de surgirem novos alunos. Berenice ficou encantada com sua obra de arte.

O Conservatório de Música Clássica, funcionava numa casa cedida por dona Ruth, a principal colaboradora do espaço. Uma admiradora do trabalho de Berenice, que se emocionava todas as vezes que o Coral do Conservatório se apresentava nas datas comemorativas da escola municipal e na festa anual do Dia do Pato. A programação artística do evento sempre ficava a cargo da professora. Uma determinação do Prefeito, outro mantenedor pessoal da instituição. Berenice já tinha tudo pronto para a festa daquele ano. Restava apenas definir os horários de cada uma das apresentações. Antes de decidir se o coral se apresentaria antes ou depois da abertura oficial com a fala do Prefeito achou melhor consultar o Administrador. Afinal, era ele quem falava em nome do Chefe do Executivo.

Nem bem pensou na criatura, o Comprador de Almas saiu do fundo da igreja e fez um sinal com a mão para ela. Berenice, alegremente, acenou de volta. De um salto, ele partiu na direção dela, agitando o braço direito sem parar, para a direita e para a esquerda. Se não fosse pelo joelho machucado, ela podia jurar que ele estava correndo como um leão que vê sua presa e parte para alcançá-la. Nem bem chegou perto da professora, a única frase que conseguiu ouvir foi:

-Não, não, não... assim não! A face do Administrador ruborizou, de raiva. Berenice não entendeu. Juarez, que também estava próximo, achou que o Administrador estivesse falando com ele.

- Bom dia, seu Administrador! Tudo bem com o senhor? Como é que está a família? Saudou Berenice, em tom cordial.

- Comigo vai tudo bem, com você eu não sei. Pois fique sabendo que ninguém está autorizado a colocar placa no meio da rua, entendeu? Trate de pegar sua plaquinha de merda e tire daqui! Vociferou. A outra quase entrou em choque. Já conhecia a posição autoritária do Administrador. Mas até aquele dia não havia tido nenhuma desavença com ele.

Berenice tomou ar. Aquela descompostura lhe tirou

do sério. Empinou os seios, comprimiu as sobrancelhas, levantou a mão direita com o indicador apontando para o nariz do Administrador e disse para todos ouvirem:

- Escuta aqui seu bajulador, filho de uma mãe parida, comprador de almas duma figa! Você pode mandar lá na sua zona, mas, aqui, na minha escola mando eu, entendeu? Ou quer que eu pegue um lápis e desenhe tudo direitinho, ponto a ponto?

- Quem não está entendendo aqui é a senhora, professora. Retorquiu.

- Senhora não, senhorita. Acho bom baixar o tom quando se dirigir a mim. Ameaçou.

Os alunos que estavam chegando, fizeram um círculo para ver a confusão. Os que estavam no interior do Conservatório, ao ouvir o disse-me-disse, saíram na porta.

- Pois fique sabendo que esta placa está confiscada! Ela só será liberada depois que a "senhorita" pagar a taxa de liberação do espaço. Partiu na direção da placa para aprendê-la. Berenice de um salto, chegou primeiro que ele.

- Se o senhor tocar a mão na minha placa, eu juro que não me responsabilizo pelas minhas atitudes. Ela segurava um cambito de bateria numa das mãos. O Comprador de Almas deu um passo para trás. A professora virou-se para Juarez e disse resoluta:

- Meu querido, pode guardar esta placa, por gentileza?

- Sim, senhorita Berenice. Respondeu Juarez

admirado com a atitude bravia da Professora de Canto.

- A "senhorita" está violando nosso regimento. Sabe muito bem que não pode invadir o espaço público sem a devida autorização. Terei que tomar uma atitude mais rigorosa. Vou começar pedindo a prefeitura que visite sua instituição. Espero que esteja com sua documentação em dia. A "senhorita", repetia ele em tom irônico, tentando enfurecer a professora, quando colocou em funcionamento sua escola, por volta de... E tentou contar a história da fundação do Conservatório de Música.

Berenice Tanajura respirou fundo. A discussão atraiu a presença de curiosos, inclusive os vizinhos e as beatas da Igreja de Santa Úrsula, que saiam da oração vespertina de quarta-feira. Juarez entrou com a placa no Conservatório. A professora ajeitou o vestido, tirou uma franja do cabelo sobre a testa, deu as costas e entrou pausadamente na instituição dizendo:

- Não vale a pena perder meu tempo com este sacripanta!

- Senhorita Berenice, não me deixe aqui falando com as paredes! Não sou nenhum cachorro sem dono, está me ouvindo? Irei falar com o Prefeito sobre sua insubordinação. Enquanto eu for Administrador deste povoado, a "senhorita" vai ter que respeitar o espaço público! Aumentou o tom de voz.

- Senhorita Berenice!!! O Administrador estava fora de si. Babava no canto da boca, suava em demasia, gesticulava em todas as direções.

O Comprador de Almas, a bem da verdade, era uma criatura que trazia consigo o dever de citar normas, advertências e fronteiras às alegrias dos outros. Era, como afirmava a beata Maria do Rosário, *"um homem cheio de nove horas, um paladino da memória dos pecados alheios"*, um fiel depositário de coisas indispensáveis e dispensáveis de regulamentos, preso a leis inúteis, capaz de complicar as coisas mais comuns, como a placa de anúncio de vagas de um curso de flauta doce do Conservatório de Música Clássica do Povoado das Onze Mil Virgens.

Nem parecia mais aquele homem que se escondia atrás de uma máscara de caráter afetuoso, cativante, disposto e cheio de bons modos. Seus dias como guardador da imagem da padroeira, responsável pelos carregadores do andor, estavam com os dias contados. Se havia uma coisa que o sacerdote não admitia era cristão de duas caras. As beatas que testemunharam a desavença, certamente, fariam chegar ao conhecimento daquele que enxergava menos do que podia e ouvia mais do que precisava, o padre Sizínio.

DOUTOR BANDEIRANTE

Doutor Eduardo Magno Bandeirante era um homem temente a Deus. Nunca foi um cidadão supersticioso, muito menos credor de profecias de andarilhos, beatos, cartomantes e adivinhadores. Achava o Profeta um charlatão, que seguia os passos de São Francisco, mas não levava à Bíblia ao pé da letra. E, por falar em pé, quando saiu do clube pensativo, após ser alertado pelo velho Matusalém que seria o próximo a visitar a terra dos pés juntos, se lembrou de um paciente que dizia ter o poder de ler os pés. Segundo ele, Deus lhe dera o dom de diagnosticar as doenças das pessoas ao examinar os pés de cada uma delas. Doutor Bandeirante achou a insanidade interessante e permitiu que o Irmão Jorge, era assim que ele gostava de ser chamado, lesse seus pés.

No pé esquerdo do doutor, o adivinho encontrou problemas nos rins. Disse que na adolescência ele sofrera de muitas dores e que, por um triz, não perdeu seu rim esquerdo. O médico tomou um susto. O Irmão Jorge havia acertado. Ao ler o pé direito, o vidente segurou o membro do clínico apertando-o levemente. Doutor Bandeirante sentiu uma vaporosa pontada no coração. O adivinhador percebera que encontrara seu ponto mais fraco, apertou um pouco mais, fazendo com que o ar dos pulmões do médico ficasse rarefeito. O clínico forçou a respiração. O outro deu o veredicto:

- O senhor deveria cuidar mais do coração. Vai ter

problemas logo-logo. Sentenciou.

Doutor Bandeirante puxou o pé bem rápido. Sequer passou pela cabeça acreditar naquele diagnóstico. Seu coração era tão sadio quanto o de um adolescente. Fazia exames rotineiros, exercícios, alimentava-se corretamente. No entanto, depois que o Profeta desvelou seu futuro e o adivinho falara do seu coração, era uma situação para ficar preocupado.

- Qual nada! Exclamou pensativo quando voltava para Vila Bela a bordo do *"Mamãe me leva"*, o ônibus que fazia a linha Povoado-Vila Bela, duas vezes por semana pela manhã e pela tarde. O veículo ganhara este apelido inspirado no povo carioca. O ônibus tinha bancos em plateia e balaústres, lembrando muito os bondes da capital fluminense. Fora fabricado pela empresa Grassi & Cia, em São Paulo, a pioneira dos ônibus no Brasil, no início dos anos 20.

O *"Mamãe me leva"* conseguia transportar confortavelmente doze passageiros sentados, e seu primeiro dono na época de ouro do café tinha sido o coronel José Olímpio, que, durante a crise, vendeu o veículo para um empresário vilabelense. Doutor Bandeirante foi um dos primeiros passageiros do *"Mamãe me leva"* quando o coronel inaugurou a linha Povoado-Vila Bela. O médico criara até uma versão meio engraçada para o apelido do ônibus.

Ele contava que todas as tardes uma mulher saía correndo de casa para pegar o bonde que levava ao Campo Grande, no Rio de Janeiro. Ela deixava o filho mais novo aos cuidados do menino mais velho. Quando saía de casa, o mais novo gritava:

-Mamãe, me leva! E ela dizia não.

O menino repetia incansavelmente:

-Mamãe, me leva! E ela, não levava.

-Mamãe me leva!, e nada. Um dia, furioso, quando ela saiu, o menino gritou bem alto:

-Mamãe, me leva, senão eu digo para meu pai que a senhora tem um amante! Naquele dia, a mãe perdeu o bonde tentando convencer o filho de que ele estava fantasiando tudo aquilo. Ele continuou repetindo a frase inteira até convencê-la de que ou ele iria ou ela seria denunciada. Este foi o primeiro caso de chantagem infantil que se tem notícia. Depois disso, o *Mamãe me leva* pegou.

Por um instante, ao recordar a história que ele mesmo inventara, esquecera da profecia de Matusalém. O *Mamãe me leva* entrou na Avenida Lava Pés e parou bem em frente ao antigo Mercado Público. Todos os dias, tropeiros de toda a região se encontravam naquele lugar para trazer gado e diversas mercadorias para comercializar em Vila Bela. Arroz, feijão, farinha, carne, frutas e verduras eram trazidos em cangalhas sobre cavalos, carroças e bois. Muitos deles chegavam a pé, tocando os bichos na estrada de terra. Antes de se dirigir ao Mercado Público, lavavam os pés num pequeno lago, principal nascente do Córrego da Pólvora e davam de beber aos animais. Daí a expressão *Lava Pés* que acabou mais tarde virando o nome da Avenida.

Doutor Bandeirante desceu do ônibus e atravessou a rua com os olhos fitos no prédio logo em frente, onde residia desde que terminara os estudos e fora convidado pela prefeitura para clinicar na cidade e nos povoados de Touro Morto e Onze Mil Virgens. Na ânsia de chegar o quanto antes em casa, esqueceu de olhar para os lados. O caminhão, carregado de batatas, buzinou três vezes. O médico não teve tempo de retornar quando o veículo passou raspando seu corpo. Ele rodopiou e caiu. O caminhão seguiu viagem. Doutor Bandeirante foi socorrido por dois rapazes que passavam do lado oposto.

- O senhor está bem? Indagou um deles, preocupado.

Doutor Bandeirante acenou com a cabeça confirmando.

- Da próxima vez, tenha mais cuidado ao cruzar a rua. Alertou o outro.

Ele respirou fundo, terminou de atravessar a avenida e chegou em casa com o coração a saltar pela boca. A única imagem que veio à sua mente quando debruçou abatido sobre a cama, com as pernas tremendo, foi a do Profeta Matusalém profetizando:

-Faz o que tem que fazer, depressa. A hora de adormecer, chegou!

- Chegou, mas não para mim! Declarou convicto. Depois, riu sozinho, por horas e horas, agradecendo a Deus pelo livramento.

O CAVALEIRO NA ARMADURA BRILHANTE
E UMA DONZELA EM APUROS

A família *De Marco* da Trupe Teatro Popular de *Nuestra Señora María de la Asunción* aceitou o convite de Juarez para passar a noite no Povoado. E mais ainda: eles também ficariam para a tradicional Festa do Pato, que começaria no próximo fim-de-semana. Era tudo o que o jovem flautista, aspirante a detetive, desejava. A companhia ficou hospedada na Casa de Passagem das freiras, uma espécie de pousada que a irmandade das ursulinas alugava no período das comemorações das festas do povoado para arrecadar recursos para a construção do convento de Santa Úrsula.

A Casa de Passagem era coordenada pela Irmã Arleide, uma freira de olhos estrábicos e castanhos, rosto redondo e pálido, nariz pontudo, fala quase angelical. O tamanho de sua delicadeza só não era maior que o tamanho de suas exigências. Dinheiro da hospedagem antecipado, quartos limpos como os visitantes haviam encontrado, café da manhã pontualmente às seis horas e jantar às dezessete e trinta. Às dezoito horas, independentemente do credo ou da religião do hóspede, todos deveriam parar o que estavam fazendo para orar. Nada de visitas nos quartos, exceto parentes diretos, como pai, mãe, irmão e avós. Primos, nem pensar!

No entanto, o paraguaio, com seu castelhano

encantador, conseguiu convencer a irmã Arleide que pagaria todos os custos após a Festa do Pato, pois eles arrecadariam o necessário para contribuir ainda mais com a construção do convento. Eles, inclusive, fariam um espetáculo especial e tudo que fosse arrecadado seria destinado ao convento. Foi um feito memorável. Nenhum hóspede havia conseguido pagar depois. João comentou que a irmã Arleide foi vencida pela conversa escorregadia do diretor da trupe. Alertou até Juarez de que o velho sequer protestara contra as investidas do irmão na filha dele.

- Um pai de verdade, pelo menos, puxaria logo suas rédeas. Disse.

- Seu Juan sabe que sou um bom partido, mano. E um cavaleiro! Respondeu Juarez estufando o peito como um galo de briga.

- Bem, bom partido ele sabe que você é. Afinal, é filho do subdelegado. Sabe que está protegido. Nem o Administrador vai impedi-lo de se apresentar na festa. Declarou mais uma vez o irmão.

- Se você não fosse meu irmão, confesso que lhe daria uma bordoada. Ameaçou.

- Só porque eu disse a verdade? Franziu a testa, alongando a pergunta.

- Não. Por você chamar meu futuro sogro de interesseiro! Afirmou.

- Futuro sogro? Indagou em tom de ironia,

destacando algumas palavras do seu discurso. Por acaso já pensa em casar-se com Es-me-ral-da? Você deve estar ficando lou-co! Pois fique sabendo que eu não só acredito que ele é in-te-res-sei-ro como também um tremendo ta-pe-a-dor!

- João! Rebateu o outro irritado. Você nem conhece o homem e já está julgando. Parece até que tem aversão a estrangeiros.

- Juarez, preste atenção. Estacou. Ambos caminhavam na direção da Casa de Passagem. Juan e a família convidara os irmãos para fazer parte do espetáculo especial que arrecadaria recursos para o convento. Quem foi, na história do Povoado das Onze Mil Virgens, que conseguiu convencer a irmã Arleide a se hospedar de graça na pousada das irmãs?

- Ninguém! A freira é linha dura! Recordou Juarez prontamente.

- Juan de Marco conseguiu! Disse. E continuou:

- E ainda persuadiu nós dois a fazer parte deste espetáculo que a gente nunca viu. Vamos fazer papel de bobos na Festa do Pato. Só vou fazer mesmo porque é por uma causa nobre!

Voltaram a caminhar.

- A família *De Marco* é do bem! Disse convencido.

- Mano, você é um cara inteligente. Confesso que se não fosse você, não saberíamos até hoje quem havia roubado as ofertas do tesouro da igreja. E tenho certeza que você vai descobrir o que, de fato, aconteceu com Mestre Virgílio. Nós dois sabemos que ele encontrou alguma coisa na Cova do Anjo. Esqueceu o que você viu lá no Monte?

Juarez diminuiu os passos. No dia em que Mestre Virgílio foi encontrado, seu corpo estava distante da Cova do Anjo. O subdelegado Josué disse que ele deve ter se arrastado quando passou mal. As marcas no solo davam a impressão que ele não se movimentou sozinho. Teve a ajuda de alguém. Só ele percebeu que uma pequena roseira que ficava ao lado da cruz da Cova estava do lado esquerdo e não no lado direito, como sempre esteve. Aquilo significava que alguém havia replantado a roseira. Seu pai fez pouco caso dessa observação. Porém, quando Juarez conversou com Seu Ananias, horas antes do caixão chegar ao Clube dos Idosos, o velho carpinteiro afirmou que Mestre Virgílio passou com uma pá e um embornal. Nem a sacola, nem a pá foram encontradas com o artesão.

- É verdade. Você encontrou uma pá na quinta curva do Monte da Febre. Quando eu a examinei, vi que o barro vermelho era o mesmo próximo a Cova do Anjo. Aquela era a pá que o Mestre Virgílio levava.

- Então! A gente devia focar na morte do Mestre Virgílio e esquecer esse negócio de teatro. Nem você, nem eu, nascemos para ser ator. Confesse! Brincou.

- Não posso decepcionar Esmeralda. Seus olhos brilharam quando eu disse que toparia fazer o Cavaleiro na Armadura Brilhante! Disse apaixonado.

- E ela a "Donzela em Apuros"! Zombou.

- É! Isso mesmo. Sorriu como uma criança. E seus pensamentos se voltaram para Esmeralda. O Cavaleiro na Armadura Brilhante e Uma Donzela em Apuros será um sucesso na Festa do Pato.

- Meu Deus! Meu irmão foi flechado pela maldição do amor! Bradou João se jogando sobre o galho de uma árvore no meio do caminho.

- O amor não é uma maldição! Repreendeu o outro.

- Juarez, me diga de verdade, ele se balançava de um lado a outro no galho, como é que um troço que deixa a gente com falta de ar, suando que nem um condenado à beira da forca, tremendo que nem vara verde, sonhando acordado como um abestalhado, querendo ver a pessoa amada de manhã, à tarde, de noite de novo, e de novo e de novo, e a gente não consegue tirar esse alguém da cabeça, pensando o dia in-tei-ri-nho é, ou não é, uma maldição? Se lançou para a frente, caindo sobre o solo. Ó amor! Ó, o amor! Este maldito sentimento que nos arrebata como um bobo da corte! E fez um movimento pantomímico como que estivesse colhendo uma rosa e depois sentindo o seu perfume.

Juarez se divertiu com o jogo do irmão.

- Depois você diz que não nasceu para ser ator! Exclamou.

João parou mais uma vez na frente dele. Encarou-o

nos olhos. Estendeu a mão e apertou-lhe o ombro esquerdo. Aquela era uma expressão de quem queria dizer alguma coisa muito séria. João, com seu queixo pontudo, rosto sardento e nariz reto, tentou erguer ainda mais as pálpebras caídas, que na infância lhe rendeu o apelido de peixe-morto, e disse ao irmão:

- O amor é uma loucura!

Juarez, antes de responder, fez o mesmo. Levantou a mão e a depositou sobre o ombro, igualmente esquerdo, do outro. Olhou profundamente de volta com aquele rosto corado, magro e oval. Seu queixo não era pontudo como o de João, mas era ossudo.

- Irmão, disse, o amor que não é louco, não é amor.

E todas as suspeitas de João se confirmaram. Juarez foi laçado pelo cupido. Estava louco e completamente apaixonado pela paraguaia mambembe.

- *Que Dios tenga piedad del corazón de mi Hermano!* – Esbravejou com as mãos estendidas para o céu, bastante aflito!

E nem ele sabia que também conseguia falar em espanhol.

A FESTA DO PATO

Que todos sejam bem-vindos
Sejam felizes de fato,
Pois aqui tem alegria
Esse é o meu relato.
Cheguem, pois, vai começar
Essa é a Festa do Pato!

Como estes versos ladinos, o poeta e cantador Zé Domingos, com sua viola de sete cordas, vestido a caráter, com alpercatas, calça e jaqueta de couro, óculos pequenos e escuros, apoiados naquele nariz aquilino, curvado para baixo, saudava os passantes. A jaqueta, repleta de bolsos largos, guardava seus últimos lançamentos literários. Entre eles, *"A Mulher do Rabecão e o Provocador de Confusão"*, uma nítida alusão ao conflito entre a Professora de Canto e o Administrador do Povoado. Tinha ainda a história que mais vendeu naquele ano, *"A Peleja do Prefeito Beijoqueiro e a Mulher do Açougueiro"*, uma crítica social e política, que a beata Maria do Rosário assegurou:

- Qualquer parecença é puro acaso!

A festa mais popular de toda Vila Bela chegava a sua quadragésima segunda edição. No dia da Festa do Pato, o Povoado das Onze Mil Virgens se transformava na capital da cultura vilabelense. A população do povoado triplicava. Era tanta gente que vinha de carroça, a pé, de burro, a cavalo, de caminhão e *"Mamãe me leva"*, que as duas principais ruas ficavam congestionadas. Até a Rua das Putas Tristes virava atração turística. Todo mundo queria conhecer a réplica do Palácio das Águias. Mas ninguém se atrevia a chegar perto quando via Lameque sentado na cadeira de balanço, na varanda, com a espingarda a tiracolo.

O Administrador conseguiu convencer o Prefeito a colocar bandeirolas da Ladeira da Gameleira à Praça da Igreja. Tinha balão, patos de papelão, de todas as cores; fogos, comidas típicas, feira de artesanato e até uma fogueira enorme, no final da Rua Direita Baixa, ideia do Administrador, contrariando as recomendações do subdelegado. Na frente da Praça da Igreja, no lado sul, próximo à principal descida do Rio Vermelho, fincaram o mastro para o Jogo do Pato, o mais importante e tradicional jogo da festa que deu origem às comemorações daquele evento. Foram os fundadores do Povoado que trouxeram o Jogo do Pato.

Tudo começou com o pai de Seu Ananias e com a beata Maria do Rosário. Nesse jogo, o desafiador amarra um pato no mastro e os demais desafiadores, montados a cavalo, tentam soltar o pato com um único golpe de facão. Aquele que consegue, espera o próximo desafiante. O jogo continua até sobrar um que não tenha errado uma única vez o golpe, consagrando-se campeão. Quem perde, além de pagar o pato, sai do jogo. É bem verdade que, infelizmente, algumas aves tinham suas vidas ceifadas com os golpes desacertados de certos competidores. No entanto, isso não tirava a alegria da comunidade, já que os patos eram doados para os mais necessitados.

Tudo levava a crer que a expressão "pagar o pato" tenha nascido desta festa no Povoado. Afinal, muitos dos varões pagavam o pato durante a festa, fazendo papel de bobo ou levando a culpa por algo que não haviam cometido. Muitos pagavam o pato, literalmente, sem sequer participar do jogo só para ter o prazer de ver outros pagarem também o pato.

Apesar de ficar esclarecido que o Povoado não havia sido atacado por nenhuma nação e que tudo não passara de um mal-entendido, o subdelegado, seguindo orientações do comando maior do 2º. Batalhão de Infantaria Motorizada, manteve a recomendação de que todas as luzes da comunidade só poderiam ficar acessas até às dezoito horas. Pelo menos enquanto durasse o conflito mundial.

E o cantador continuava:

Tem cantiga e brincadeira
Respeitando a tradição
Vem gente de todo canto
Para fazer animação
É a festa mais bonita
De toda nossa região.

A abertura começou mais cedo, para alegria das crianças que teriam mais tempo para participar das brincadeiras tradicionais como a quebra do pato, bandeirinha, pique, corrida do pato, cama de pato, ovo de pato na colher, pesque o pato e corre pato!

Corre pato, na casa da tia
Corre cipó, na casa da avó;
Peninha na mão, caiu no chão.
Moça bonita do meu coração.

No "*Corre o Pato*", as crianças ficavam sentadas em círculo, exceto uma. O que ficava de fora era o caçador. Com uma pena de pato na mão ele tinha que andar lentamente em volta do círculo enquanto todos cantavam uma rima como o "*corre o pato, na casa da tia...*". No meio da cantoria, o caçador deixava cair, disfarçadamente, a pena atrás de um dos jogadores. Quando o participante escolhido via a pena atrás dele, assumia o papel de caçador e corria atrás do outro que dava a volta no círculo para ocupar o lugar vago antes de ser apanhado. Se fosse pego o jogador virava caçador e assim continuava até todos poderem participar da brincadeira.

ENTRE VESTIDOS, MAQUIAGENS E PALETÓS

Na quadragésima segunda Festa do Pato havia, não só no Povoado, como em todo o Estado, uma escassez de tecidos. As mulheres, sobretudo as solteiras, não conseguiram comprar novas peças e foram obrigadas a reformar as antigas. A Guerra limitou muitos fornecimentos. Quem conseguiu uma peça nova e chamou a atenção de toda a comunidade foi o modelo contemporâneo de Theda Bara. Seu vestido foi feito para ser visto de trás. A abertura nas costas quase tocando as nádegas, saia justa nos quadris, ombros destacados e um penteado com ondas girou o pescoço de muito homem, inclusive o padre Sizínio, que aproveitou a oportunidade para dar-lhe uma bronca.

Theda Bara detinha as características das mulheres ideais do padrão da época: magra, bronzeada e esportiva. Embora tivesse um crânio maior que as demais mulheres do Povoado, ela penteava os cabelos bem junto à cabeça para que parecesse pequena. Usava sapatos sem nenhum tipo de presilha que deixava o peito do pé à mostra. Uma ousadia para as meninas da época. O que Theda Bara tinha de bonito, tinha também de ordinária. Se pudesse não pisaria o chão do povoado. Era abusada, atrevida, insolente. Muito insolente. Não estava nem aí para o que pensavam dela. Seu sonho era encontrar um cavaleiro de Vila Bela que a arrancasse daquele fim de mundo. Prometia a cada ano que sua partida estava próxima. Não suportava mais ficar naquele lugar onde o vento fazia a curva e as pessoas dormiam antes da meia-noite. As jovens que tentavam imitá-la nos vestidos descolados e nas saias curtas, eram repreendidas pelas mães e avós.

Isaura Cornejo, quando chegou na Praça da Matriz, usava um chapéu grande, com um espantoso buquê de rosas arco-íris, com pétalas de cores azuis, amarelas, verdes e lilás. Por onde passava, o chapéu hipnotizava as pessoas. Usava um vestido longo, justo e reto, e uma maquiagem improvisada com pó de arroz e corante. As mulheres, sobretudo as mais jovens, abordavam a presidente da Confraria dos Letrados para desvendar as técnicas de sua maquiagem. Ela dizia que se tratava de um segredo de família e que, em breve, arranjaria um jeito de compartilhar com as outras. Entrava ano e saía ano, Isaura sempre criava uma desculpa. Até que, na quadragésima segunda edição, Theda Bara apareceu com um creme que escondia as imperfeições da pele, transformando rostos defeituosos em faces angelicais. Foi um estrondo.

Labão, Tiago de Alvarenga, Seu Ananias, João, Juarez, doutor Bandeirante, o subdelegado Josué e até mesmo o professor de Língua Portuguesa, Bernardo Guimarães, desfilavam com seus ternos de fechamento duplo, de ombros largos e quadrados, como o terno de listas de Seu Ananias ou o terno xadrez de Tiagão. Alguns, como Labão, gostavam de calças largas, outros, como o professor Bernardo e o doutor Bandeirante, preferiam as calças retas. Os homens conseguiam impor um visual sóbrio, com aquela aparência de gente grande, porém requintada. Um se achava mais bonito, mais simpático e mais elegante que o outro. Um verdadeiro desfile impecável de ternos escuros.

OS VOLUNTÁRIOS DA PÁTRIA
E A PROGRAMAÇÃO DA FESTA

A programação artística e cultural, mesmo a contragosto do Administrador, foi organizada pela Professora de Canto, Berenice Tanajura. Com exceção da última apresentação sugerida por Demas e a mando, segundo informara, do Prefeito, a trupe internacional deveria ser a última atração no domingo. A Companhia Teatro Popular de *Nuestra Señora María de la Asunción* seria responsável pelo encerramento da programação. Um grupo daquele gabarito merecia todas as honras da comunidade, e isso incluía um cachê simbólico, oferecido pelo Chefe do Executivo como prova do reconhecimento do trabalho e profissionalismo da trupe de passagem pelo Povoado, justificou o Prefeito. Os demais grupos e solistas da comunidade não necessitavam de pagamento, *"água, pão e uma oportunidade para mostrar o talento já está bom demais"*, dizia o Administrador. Esses artistas, como o cantador Zé Domingos, e o Coral do Conservatório de Música Clássica eram denominados ironicamente de "voluntários da pátria", porque faziam (ou eram obrigados a fazer) apresentações por amor à tradição e aos costumes do Povoado e manter viva a memória daquela festa quaternária. Como a prefeitura, segundo eles, não dispunha de recursos suficientes para apoiar os demais, o Administrador e o Prefeito apelavam para o sentimento de pertencimento dos artistas locais com a promessa de que seriam recompensados com o título de "Voluntário da Pátria".

- E quem disse que título enche barriga de artista? Queixava-se Zé Domingos que aceitava a missão, mesmo a contragosto, porque via na festa a oportunidade de divulgar seu trabalho e vender seus cordéis. E seus versos, ora de protesto, ora de saudação, continuavam ecoando na praça, nas ruas e na margem dos rios:

Onze Mil Virgens é o nome
Desse belo Povoado
A festa dura três dias
Está todo mundo convidado
Ano que vem venha de novo
Para esse lugar encantado.

No meio da Praça, bem ao lado do Monumento das Virgens, ergueram um palanque, de pouco mais de dezesseis metros quadrados, coberto por uma lona, onde o Prefeito beijoqueiro costumava discursar. A programação foi desenhada para o primeiro dia com a participação na abertura do Coral do Conservatório de Música Clássica com os meninos e as meninas do Povoado; seguido da fala do Prefeito e do Administrador; e depois o Padre Sizínio espargia água benta no povo e abençoava o evento. O dia terminava com as tradicionais brincadeiras das crianças e dos adolescentes que duravam o dia inteiro. O jogo mais procurado entre os mais moços era o *Pato na Lama*, uma espécie de disputa entre meninos e meninas num curral de lama para ver quem conseguia derrubar o outro primeiro. Era a chance que os mais atrevidos tinham de agarrar as meninas com jeito para pegar, distraidamente, em suas partes mais íntimas.

No segundo dia, os solistas Juarez Silva, que interpretaria duas peças clássicas de Antonio Lucio Vivaldi, com sua flauta doce, e o cordelista e cancioneiro Zé Domingos faria uma cantoria de louvor a Santa Úrsula, isto é, se o artista não antecipasse suas comemorações com o Padre Sizínio com a aguardente de carvalho envelhecido que descia especialmente para o evento.

No terceiro e último dia, o Jogo do Pato, a partir das dez horas da manhã, e a tarde, antes da boca da noite, a maravilhosa Trupe de Teatro Popular de *Nuestra Señora María de la Asunción* que apresentaria o espetáculo *"O Cavaleiro na Armadura Brilhante e Uma Donzela em Apuros"*, com a família paraguaia *De Marco* e a participação especial do filho do subdelegado, Josué. No elenco, Mathias e Giovanni de Marco, os irmãos problemáticos da donzela; Juan de Marco, faria o personagem Osmar, o rei amoroso que queria casar a filha com o filho do Monarca de outro reino, o príncipe Migdalia, papel dado a João Silva; Josefina, a esposa de Juan, assumiria a bruxa má que impede de todas as maneiras o encontro amoroso do Cavaleiro na Armadura Brilhante, o herói interpretado por Juarez, e a Donzela em Apuros, a protagonista vivida por Esmeralda de Marco.

Nesta sessão os artistas passariam o clássico chapéu para arrecadar fundos para a construção do Convento de Santa Úrsula, antigo sonho da comunidade.

A Professora de Canto, muito respeitosamente, pediu um minuto de silêncio em homenagem ao Mestre Virgílio, antes de começar a apresentação do Coral. Seu Ananias baixou a cabeça, com os olhos lacrimejados. O amigo fazia falta. A Feira de Artesanato, criada por ambos, não seria a mesma coisa naquele ano. Mesmo assim, em sua memória, resolveu fazê-la, colocando diversos objetos do artesão em exposição. Após o minuto de silêncio, Berenice Tanajura, posicionou-se de frente para o coral. As crianças estavam em cima do palco, enquanto ela ficou na parte de baixo, dois passos adiante da plateia logo atrás dela. A Professora de Canto vestia uma saia longa, preta, até o tornozelo, criando um contraste com sua blusa de seda branca, ajustada confortavelmente. O chapéu, delicado e pequeno, trazia um véu que lhe cobria parcialmente o rosto. Um pedaço de tecido preto, preso por um alfinete no chapéu, representava o luto do passamento do amigo artesão.

Berenice se pôs ereta, sem parecer com o subdelegado Josué quanto prestava continência aos seus superiores, braços mais altos que a cintura, confortavelmente em forma de arco para que as crianças pudessem vê-la e deu início ao *O Messias*, de Handel. Com sua mão direita marcava os tempos do compasso e a mão esquerda indicava as entradas e a dinâmica, procurando extrair do coro a beleza na execução daquela fantástica obra musical.

Depois de vinte minutos de espetáculo, o Prefeito, já aborrecido, doido para subir ao palco, proferir seu discurso e sair beijando todo mundo, cutucou o Administrador para que ele finalizasse logo a apresentação. Demas deu três passos até Berenice e murmurou algumas palavras em seu ouvido. A regente empinou a bunda, fazendo com que suas nádegas ficassem duas vezes maiores, e acelerou o ritmo, acentuando sua expressividade, majestosamente, com movimentos graciosos e compassados, finalizando a primeira parte do *Messias*. A plateia enlouqueceu. Aplaudiu muito. O Prefeito foi no embalo e aplaudiu mais ainda. O padre Sizínio, apaixonado que era por Handel, sobretudo a obra mais encantadora do compositor, *O Messias*, em completo estado de êxtase, acreditou que o coro iria apresentar as três partes da obra, realizando assim toda a peça que narrava a profecia e o nascimento de Jesus, na primeira parte; os episódios da Paixão, culminando no coral "Aleluia" na segunda parte, e a Redenção, na terceira e última parte. Se o desejo do sacerdote fosse realizado, o espetáculo duraria mais de duas horas, para alegria do padre e desespero do Prefeito.

A NOTÍCIA QUE DESFALECEU DONA JANINA

A tutora de Lulu, a *poodle* assanhada que não aguentava ver Bodão, o *shar-pei* tarado dos irmãos Silva, desceu a Ladeira da Gameleira tresloucada. Os cabelos divididos com uma metade lisa e as pontas chamuscadas e a outra metade ainda encapelada, a maquiagem borrada, os pés descalços, uma blusa de frio e a camisola de dormir, com as panturrilhas à mostra, não a impediram de correr até a Casa de Passagem da Irmã Arleide. No percurso, quando cruzava a pequena ponte da Rua Direita de Cima, teve dificuldade de cruzar o bosque, por causa da grande quantidade de visitantes que se aglomeravam para ouvir o cordelista Zé Domingos. A língua esticada para fora, o coração disparado, a respiração ofegante e o cansaço lhe impuseram uma parada. Ela se recostou num banco, embaixo das árvores, seguida pelos olhares curiosos de duas adolescentes. A cabeça martelando com a última notícia do Repórter Esso que acabara de ouvir na Rádio Nacional. Quem, além dela, naquele momento estaria ouvindo o rádio? Seu Ananias, o subdelegado Josué, a professora Berenice, o Administrador Demas e o ferreiro Lameque estavam na praça, assistindo à apresentação do Conservatório de Música Clássica. Se não tivesse se atrasado tanto tentando aprender a usar aquele troço feito de duas placas de ferro com uma dobradiça que eram aquecidas no fogão a lenha, presente de sua filha para alisar seus cabelos crespos, também estaria presente ao espetáculo.

Estava tão sorvida em seus pensamentos que passou feito uma gazela apavorada, escapando do leão, que nem viu Seu Ananias, em seus passos arrastados, retornando da praça, após o encerramento do espetáculo do Conservatório. O velho achou estranho aquele cabelo dividido, o semblante aterrorizado e o camisolão fora de hora.

- É cousa! Exclamou.

O primeiro a saber da notícia teria que ser o subdelegado. Ele que tomasse as providências necessárias para averiguar a situação. Depois, sem perda de tempo, avisaria aos demais. Principalmente a Ruth, sua amiga e parceira de sempre. Uma situação grave como aquela denunciada pelo Repórter Esso, em cadeia nacional, não podia passar impune. Essa sequência de confabulações solitárias povoou a cabeça de dona Janina quando ela buscava inspirar o ar pelo nariz e soltar velozmente pela boca. De repente, as ideias ficaram confusas e as frases se inverteram. Ruth virou a subdelegada, o Repórter Esso era seu amigo e parceiro de sempre. Avisaria primeiro a todo mundo, depois informaria a Ruth ou ao subdelegado Josué? Não conseguia dizer mais nada de forma ordenada. As duas meninas se aproximaram quando viram que ela não estava bem. A quarentona de nariz batatudo e boca grande foi virando de lado, lentamente. Parecia uma árvore após a última machadada do lenhador. Dona Janina caiu com todo o seu peso ao chão e desfaleceu. A língua, estranhamente para fora, estava com a ponta rocha. As mãos, ligeiramente dobradas, viradas para trás; as pernas se cruzaram e seus olhos, enviesados e cinzentos, permaneceram entreabertos. Uma das meninas gritou:

- A mulher morreu!

O povo todo se aglomerou ao redor da desfalecida. A beata Maria do Rosário, ao lado da Irmã Arleide e Tiago de Alvarenga, que voltavam do conserto, foram os primeiros conhecidos a chegarem ao local. Quando a contadora de histórias viu que era a desbocada do povoado murmurou ironizando:

- Lulu ficou órfão!

De súbito, ao ouvir a declaração da beata, dona Janina despertou. O povo recuou quando a mulher ficou de pé, ainda cambaleando, para responder à provocação de Maria do Rosário:

- Órfão ficou você, sua velha despirocada! Bradou, para depois, desfalecer outra vez e cair, dura que nem uma pedra, de costas no chão. O Administrador conversava com o doutor Bandeirante quando foi avisado pelo menino Samuel o que acabara de acontecer no bosque. Dona Janina estava com os músculos rígidos, que nem boneco de madeira, com os olhos bem abertos, olhando para o alto, quando o Administrador e o doutor chegaram para acudi-la.

O médico se agachou ao lado dela, passou o dedo

indicador na frente dos olhos para ver se eles se mexiam. Nada. Não houve nenhuma reação ao movimento que ele acabara de fazer. Tocou o pulso, encostou o ouvido próximo aquela boca grande. Nenhum sinal de ritmo ou respiração. Por fim, afrouxou a camisola da desfalecida, desobstruiu as vias aéreas, examinou com jeito a boca e a garganta e começou uma respiração área, ao mesmo tempo em que estendia os braços, abria as mãos e fazia uma pressão, com bastante força, sobre o peito de dona Janina, comprimindo o coração.

Depois de quase cinco minutos tentando reanimá-la, doutor Bandeirante desistiu. Não havia mais nada a fazer. Dona Janina deixou para sempre o Povoado das Onze Mil Virgens, em plena Festa do Pato.

A DONZELA EM APUROS

Após a apresentação do coral, Juarez e Esmeralda saíram sorrateiramente da praça, enquanto o Prefeito bradava fervorosamente suas palavras iniciais, como se fosse seu último discurso. Atravessaram a segunda ponte do Rio Vermelho, depois do fundo da igreja, e partiram em direção a Trilha das Sete Curvas. A ideia não era subir o Monte da Febre, mas ensaiar *"O Cavaleiro na Armadura Brilhante e Uma Donzela em Apuros"* embaixo da maior árvore do Povoado, a colossal sumaúma, com suas raízes em forma de tábuas, que os moradores chamavam de sapopembas, capaz de esconder qualquer um embaixo delas. Ela ficava entre as antigas perobas-rosas, de troncos grossos e casca rugosa, igualmente altas, como a sumaúma.

Aquele bosque proporcionava um ambiente encantador e romântico, coberto pela copa frondosa das árvores, onde os ventos diminuíam a força e voltavam para o povoado. Por isso se dizia que era ali que o vento fazia a curva. O solo era coberto por um capim macio e aveludado que sobrevivia bem ao período das estiagens. Juarez ajudou Esmeralda a subir em uma das raízes da sumaúma.

- Você sabia que há muitos anos, os índios utilizavam as raízes dessa árvore para se comunicar? Disse.

- *En serio¿* Indagou ela em sua língua.

- Sim. Eles batiam nas raízes fazendo com que o

som ecoasse por longas distâncias. Explicou.

- *Que increible!* Exclamou Esmeralda no mais puro espanhol.

Aves, curiosas, do alto das perobas-rosas observavam o movimento dos dois jovens, como o Macuru-pintado e o Uirapuruzinho, muito agitado, pulando de galho em galho, até voar velozmente para a mata escura na subida esquerda do Monte. Depois, apareceu um casal de choró-boi. O macho de dorso negro e ventre branco, com as asas listadas também na cor branca, estava com as penas da cabeça eriçadas. O mesmo acontecia com a fêmea, coberta por uma plumagem marrom avermelhada e o topete característico daquelas aves. Os olhos de ambos eram de um vermelho aceso, muito próximo da plumagem do peito do Surucuá-de-coleira, uma ave tricolor daquela região que possuía um estreito anel periocular cinzento nos olhos e o bico amarelado.

Por um tempo, acompanharam o movimento dos pássaros até que Juarez, meio sem jeito, quebrou o silêncio tentando exprimir uma das frases mais eloquentes da peça. Esmeralda riu. Depois, percebendo a dificuldade do outro, usou da experiência que o teatro de rua lhe concedera e indicou onde poderiam ser feitas as pausas e as impostações adequadas em cada uma das orações escritas pelo paraguaio Juan de Marco, seu pai.

- Eu não posso fugir contigo! Meu pai, meus irmãos, os empregados do meu pai, todos eles irão até o fim do mundo atrás de mim. Disse ela alongando a voz, pronta para afastar-se dele.

- Se preciso for, lutarei contra eles. Declarou. Eu tenho a espada da justiça, a couraça da salvação e o capacete da fé. Meu escudo é minha vitória! Berrou. Nada poderá me impedir. Gaguejou.

- Não! Chega de sangue! Precisamos encontrar o caminho da paz. Jamais me perdoaria se o sangue dos meus fossem derramados. Protestou com veemência.

- O caminho da paz é o AMOR!– Ele a tomou nos braços.

- Em tempos de guerra, o amor não faz morada. Revelou fitando-lhe os olhos inquietos, tal qual um pêndulo acelerado de um relógio. Suas faces, quase se tocaram. Seus lábios tremeram.

- Em tempos de paz, o amor é a própria PAZ! Inclinou-se para beijá-la. Esmeralda se esquivou, correndo na direção das perobas-rosas. Seus olhos encheram-se de lágrimas.

- Sou um péssimo ator, não é? Ele baixou a cabeça.

- Não é isso. Enxugou o olho esquerdo com o indicador direito. Em seguida, deixou que as tranças cobrissem parte de seu rosto. Ela soluçou.

- Você está chorando! Falou surpreso. Você é muito boa! Estou impressionado. O povoado inteiro vai te aplaudir de pé. Concluiu.

Esmeralda virou-se para ele. De seus olhos

escorriam lágrimas em abundância. Juarez então percebeu que ela não estava fazendo teatro, nem aquela cena fazia parte do espetáculo. Deu alguns passos na sua direção e a envolveu nos braços. Seu coração queria sair pela boca. Ela soluçava como uma criança. Juarez acariciou seus cabelos, apertando-lhe amorosamente contra o peito. Pode, naquele momento, sentir o coração de Esmeralda disparado, como um daqueles V-8 sem freio.

- Me apaixonei por você na primeira vez que a vi. Confessou sussurrando em seu ouvido.

Esmeralda ergueu a cabeça no mesmo nível da dele. Seus lábios ainda tremiam, tensos, vibrantes. Seus olhos estavam maiores. Seus braços deslizaram suavemente por trás do outro, correspondendo ao abraço caloroso. Juarez esperou o beijo. Ela engoliu em seco, afastou suas mãos e, habilidosamente, retomou o texto do "Cavaleiro":

- Qual o segredo da tua espada? O que ela possui de tão poderoso que consegue derrotar um exército? Que justiça é esta que nós não conhecemos? Como poderei amar um homem que esconde segredos da futura esposa?

Juarez ficou atônito. Entregara seu coração de bandeja a uma garota que jogava, ora representando, ora improvisando. Esmeralda partiu com rispidez para cima dele. No texto, havia mesmo uma indicação de que donzela se enfurecia por uma razão. Ele só não recordava se aquele era o momento. A garota, que não parecia mais estar em apuros, ganhara fôlego e coragem para exigir do Cavaleiro a resposta que ela tanto desejara.

- Vai ficar aí, parado, sem abrir a boca? Insistiu.

Juarez não sabia mais se era uma pergunta da jovem atriz ou um questionamento decisivo da donzela em apuros. Resolveu entrar no jogo, adotando um código próprio de representação. Seguiu o instinto, retomando e desenvolvendo um ritual como que estivesse mesmo na terra dos cavaleiros medievais, guerreiros da nobreza, pronto a conquistar novas terras, riquezas e a mulher dos seus sonhos. Se desfez na imaginação da armadura. Afastou o elmo e o escudo e ergueu a espada na direção da árvore mais alta.

De todas as coisas que aprendeu desde a tenra idade, nenhuma delas foi tão difícil e complicada como o amor de uma mulher. Isso não se aprende com as armas de guerra, tampouco com técnicas de combate. O amor não é tão simples quanto dominar um cavalo. O Cavaleiro na Armadura Brilhante podia ter todas as virtudes indispensáveis à sua posição. Mas o amor não acompanhava a academia dos guerreiros. Ele é parte desconhecida e indomesticável do coração de um Cavaleiro. De nada lhe valia bravura, fidelidade e lealdade, se o mais nobre dos sentimentos lhe colocava de joelhos. Ele revelou o segredo.

Esmeralda ficou pasma. Juarez compreendeu que jogar, era fazer. E isso lhe possibilitou trabalhar a partir da expressão concreta de suas tentações. Juarez a amava de verdade. E usou isso como elemento indispensável ao personagem que queria conquistar o coração da donzela. Então ele fez teatro.

A jovem atriz conseguiu extrair do outro seu sentimento mais sublime. Restava saber se sua interpretação da donzela em apuros não passava de um mero jogo teatral. Um jogo que ele não conseguia distinguir entre a jovem Esmeralda e a personagem. Um jogo, onde a fala da donzela, como se fosse verdadeira, falava ao coração de Juarez.

A VOLTA DA MULHER QUE NÃO FOI

Nem bem a alegria tomou conta do povoado, a triste notícia de que dona Janina tinha "batido as botas", acabou com a festa. Foi o diretor da Trupe Teatro Popular de *Nuestra Señora María de la Asunción* o primeiro a usar esta expressão a caminho do velório quando Juarez lhe informou sobre o falecimento da santarrona.

- *¿Te golpeaste las botas?*

Juarez acenou afirmando com a cabeça enquanto se dirigia para o velório da mulher da boca grande. Percebendo que o jovem não compreendeu bem sua indagação explicou que aquela forma de falar surgiu durante a Guerra do Paraguai. Os latifundiários brasileiros quando recebiam a notícia de que seus filhos haviam sido convocados para a batalha, enviavam, no lugar deles, dezenas de escravos negros. E eles eram obrigados a usar botas, sem antes nunca ter usado nem mesmo uma alpercata. Quando fugiam dos inimigos pelo mato, batiam as botas uma contra a outra e caíam fácil nas mãos dos paraguaios. E morriam. "Batiam as botas" e morriam.

O Administrador contou com a ajuda de Labão para providenciar flores, velas, comida, caixão e a bebida. O ferreiro Lameque fez questão de buscar tudo em seu caminhão. O Prefeito não quis ficar para o velório. Como a principal passagem para o campo santo do Povoado havia sido fechada pelo desabamento, o Prefeito autorizou também a contratação de duas viaturas *"Mamãe me leva"* para conduzir o povo até o cemitério de Touro Morto, onde ela seria sepultada.

O esquife foi colocado no centro da sala da casa da falecida. Foram as filhas que cuidaram de toda a arrumação. Tiraram uma poltrona velha e antiga e distribuíram algumas cadeiras de madeira para os mais velhos e aqueles que velariam a morta. Já era noite quando o velório começou. Apenas as velas ao lado do caixão, estavam acesas. As demais luzes, devido à ordem do apagão do subdelegado, foram apagadas. A noite estava iluminada pelas estrelas e pela lua cheia que nascia por trás do Monte da Febre. Pequenos grupos se formaram dentro e fora da casa. Alguns jovens visitantes ainda permaneciam na Praça da Igreja, mas foram logo desencorajados pelo subdelegado e obedeceram ao toque de recolher. Alguns estavam hospedados na Casa de Passagem da Irmã Arleide; outros em casa de amigos ou parentes.

Dona Ruth, sentada logo abaixo dos quadros dos pais da falecida, pendurados na parede, chorava baixinho. Isaura Cornejo murmurou para o Administrador que dona Janina havia sido a primeira a passar à frente do caixão no enterro do Mestre Virgílio e que ela era a prova viva, ou melhor, "morta", da maldição imposta pelos mais velhos. Demas discordou. Disse que o primeiro a passar naquele desespero foi Seu Ananias.

- Na verdade, eu pensei que tinha sido a beata, mas,

como ela está aí... Sussurrou.

O padre, ao lado do caixão, deu um rabo-de-olho para a esposa do *"marido que ninguém vê"*. Seu ouvido poderoso, escutava até zumbido de mosca a uma légua de distância. João, Labão e Seu Ananias se concentraram no lado oposto do esquife, de frente para o Administrador e Isaura. Labão já estava na quarta dose da aguardente quando fez sinal para o sacerdote oferecendo-lhe uma dose. O padre mordeu o lábio superior e disparou um novo olhar, mais furioso e mais mortal que o primeiro. Labão não conseguiu enxergar o semblante do padre da posição em que se encontrava. A luz da vela criou uma sombra que o cobriu.

- Naquela confusão eu só me lembro que quando cheguei na Cova do Anjo, Tiagão e a beata Maria do Rosário já estavam lá. Disse João. O assunto era o mesmo de todos os grupos e pessoas ali reunidas.

- Já pensou, se a gente tiver um velório por dia? Comentou Labão em soluços.

- Deus não deixa! Exclamou Seu Ananias, o primeiro a passar na frente do esquife do amigo.

Labão murmurou no ouvido de João:

- Seu Ananias é uma prova viva e não morta de que passar na frente do caixão de um morto é só uma superstição que povoa o imaginário popular do Povoado das Onze Mil Virgens.

- Ainda bem que não acredito nestas crendices!...

Disse o irmão de Juarez olhando diretamente para Seu Ananias. Mas acredito em peixes-voadores! E gargalhou. Seu Ananias e Labão riram também. O padre, reprovou, chamando aquela gargalhada fora de contexto. Aproveitou a oportunidade para desferir um sermão rasgado. Aquele tipo de advertência que se dá, olho no olho, cheio de ira, bem baixinho, só para o advertido ouvir:

- Velório é sinônimo de luto. Luto é sinônimo de tristeza. Tristeza é sinônimo de SILÊNCIO. Quer rir? Vão rir lá fora. Respeitem a alma desta pobre coitada! Neste momento ela está procurando uma saída. Está perdida. Devemos orar para que ela encontre seu caminho. O padre estava irreconhecível. Mesmo na pouca luminosidade, foi possível ver o suor escorrendo pela testa do sacerdote.

- O padre é católico ou espírita? João cochichou no ouvido de Seu Ananias. O velho tentou se conter. Porém, a gargalhada do carpinteiro foi inevitável, atraindo a atenção de todos. Até quem estava do lado de fora, correu para ver o que havia acontecido. O padre bateu três vezes o pé direito no chão, tal qual criança embirrada, e saiu na direção da cozinha para tomar, longe de todos, a sua santíssima preferida.

Juarez e o pai, o subdelegado Josué, estavam com a família *De Marco*, próximos à entrada da casa. O paraguaio estava mais preocupado com a continuação ou não da festa que com o falecimento da tutora de Lulu. Que, aliás, permanecera o tempo todo aos pés do caixão, encolhida, velando sua dona. Os visitantes faziam questão de falar com a *poodle* quando se aproximavam do esquife. A cachorrinha erguia a cabeça, com aquele olhar triste que só os cães sabem exprimir; depois, ao ser amimada, com ternura, se encolhia outra vez. Dona Ruth se compadeceu da companheira da amiga e se comprometeu a cuidar dela, caso as filhas permitissem.

Bodão também foi ao velório. Chegou graciosamente pela porta da frente, com aqueles ombros atléticos, dobrados, peito largo e fundo. João ficou estranhado quando o viu, quis correr para prendê-lo. Seu Ananias o impediu. O velho carpinteiro sentiu que o cão chegara ali com uma missão. O *shar-pei* despontou primeiro como uma sombra enorme na parede logo atrás do Administrador e da presidente da Confraria dos Letrados. Lulu, quando o farejou, abanou o rabo, ficou de pé e baixou a cabeça, visivelmente abatida. Bodão cheirou o chão, fingindo estar atravancado. Igualzinho fazia João, assobiando, quando fingia que estava ocupado. O cheiro das flores, da fumaça das velas, o incomodava, mas não desistiu de ir mais adiante. Deu mais alguns passos e encostou seu focinho na cabeça do poodle. A pelagem curta e dura do *shar-pei* ficou eriçada. Se fosse uma situação de enfrentamento, de encontrar um outro cão, mais forte e mais valente que ele, João diria que ver os pelos de seus ombros arrepiados seria sinal de muito medo. Mas aquela reação era diferente.

Lulu retribuiu o carinho esfregando seu focinho na cabeça do *shar-pei*. Aquela cena durou alguns segundos. Dona Ruth se desmanchou em lágrimas. As filhas da falecida também. Isaura Cornejo esboçou um sorriso afável. Seu Ananias fez um comentário reconfortante. Apenas João, com os olhos cheio de lágrimas ouviu.

- Os bichos também têm sentimento, meu filho.

Bodão se afastou. Lulu voltou a deitar, se enrolando sobre si mesma como se estivesse tentando abraçar a cauda e as patas, não porque estava com frio, mas, porque procurava aquecer sua perda. O *shar-pei* girou a cabeça, destacando aqueles olhos grandes e amendoados, quase encobertos pelas rugas da testa, e se despediu. Em seguida, com o corpo inclinado à frente, orelhas apontadas para a porta, deu meia volta e saiu. Lá fora, Juarez, agachado, o esperava com uma coleira.

Após a saída do *shar-pei* , Seu Ananias, sentado, voltou a observar o entra e sai das pessoas, o sofrimento das filhas da falecida, a consternação de dona Ruth, a tristeza da cachorrinha embaixo do esquife. Segurou na mão de João e puxou até sua boca para dizer a meia voz:

- Será que São Pedro vai lavar a boca dela antes de deixá-la falar com Deus?

João entendeu de primeira a piada do velho carpinteiro. Dona Janina era o palavrão em pessoa, apesar de ser uma das principais beatas da Igreja de Santa Úrsula. Maria do Rosário vivia implicando com ela, e com razão.

A cada cinco palavras que dizia, duas eram palavrões. O padre Sizínio perdeu a conta de quantas penitências lhe passou. Labão se recostou na parede e começou a cochilar. Seu Ananias estava bem-humorado para um velório. Antes que o jovem sonhador das *"Vinte Mil Léguas Submarinas"* pudesse responder ao gracejo do carpinteiro, se assustou com o berro repentino de Isaura Cornejo.

- Valei-me, Nosso Senhor Jesus Cristo!

Dona Janina Figueiroa da Ressurreição dos Últimos Dias, a santarrona do Povoado das Onze Mil Virgens, tinha um sobrenome bizarro. O carpinteiro costumava dizer que seu nome estava relacionado ao último dia do poder do anjo mau sobre a face da Terra. O último dia que começou no Éden, logo após a queda do primeiro homem, a volta de Jesus em Glória, a grande tribulação e a derrota do anticristo. *"Creem Deus Padre!"*, se benzia dona Augusta, a lavadeira. Seu Ananias não aliviava quando o assunto era falar mal de quem falava dele. Devolvia na mesma moeda. A quarentona ficou viúva aos vinte anos, depois que seu marido, um aspirante a oficial do Exército, foi morto durante uma rebelião de jovens oficiais de baixa e média patente do Exército Brasileiro no início da década de 1920, revoltados com a situação política do Brasil. Ele e um grupo de tenentes queriam reformas concretas de poder na nação, entre elas, o fim do voto de cabresto, principal articulação dos coronéis do café, para eleger seus congregados na região.

Mesmo sabendo que dona Janina da Ressurreição dos Últimos Dias o tinha como inimigo e cúmplice da morte de seu marido, Lameque deixou de lado às vezes que foi xingado, da cabeça aos pés, ao cruzar o caminho da beata. Jamais respondeu às provocações, sempre passava ao largo, evitando o confronto com a quarentona de boca suja.

- Valei-me, Nosso Senhor Jesus Cristo!

A expressão de espanto amiúde, virou quase uma ladainha na boca da presidente da Confraria dos Letrados. Isaura precisou ser amparada pelo Comprador de Almas. Seus olhos fitavam o caixão da morta. Dona Ruth despertou da angústia e se levantou para ajudar a quase desfalecida. A lavadeira, que estava na cozinha conversando com dona Margarida, trouxe ligeiro uma caneca com água quando alguém gritou que a presidente estava desmaiando.

As filhas, Cristina e Cristiane, que saiam da puberdade para a adolescência, apaixonadas pela brincadeira do *"Pato na Lama"*, mas eram proibidas pela mãe de participar, já bolavam um plano de estarem presentes na competição de domingo, caso o Prefeito dissesse que a Festa do Pato continuaria. Cristina, a mais velha de doze anos, depois mudou de ideia. Não desejava quebrar o luto da mãe, apesar da criação rígida e das surras que levou quando ainda era uma criança. Cristiane continuou firme na decisão de ir à festa. Contudo, o fato inusitado daquela noite, alterou definitivamente, qualquer sonho das irmãs.

Juarez, o subdelegado Josué, a família *De Marco* e todos os outros que estavam do lado de fora foram atraídos pelo alarido que se desencadeou no interior da casa. A cachorrinha Lulu estava com as patas suspensas, latindo sem parar. Bodão também começou a latir quando entrou com Juarez. O povo, que conversava na cozinha, se apressou até a sala, seguidos pelo Padre Sizínio. Labão acordou, segurando uma garrafa de aguardente. Juan de Marco, o último a entrar na sala, viu de relance, pela janela, a figura quase fantasmagórica do Profeta, iluminado pela luz da lua cheia. O Profeta apontava a vara de Arão para o esquife quando a viúva ressuscitou.

Dona Janina da Ressurreição dos Últimos Dias se sentou no caixão meio zonza, sem saber direito onde estava. A primeira coisa que disse quando voltou dos mortos foi:

- Estou com sede! Quem pode me trazer um pouco d'água?

A porta ficou pequena para o número de apavorados que tentou passar por ela. Labão, João e Demas ficaram entalados na janela, presos às nádegas da Professora de Canto. Foi uma cena bizarra. A beata Maria do Rosário quase foi pisoteada pelos mais jovens que queriam a qualquer preço fugir daquela assombração. Margarida e a lavadeira fugiram pela cozinha aos gritos de pedido de socorro. O Padre Sizínio congelou, frente ao caixão, com os olhos estatelados para a morta, que agora estava viva.

Isaura Cornejo se jogou na parede, por trás das cadeiras, feito lagartixa, bem desorientada e exageradamente ofegante. Quase teve uma parada cardíaca.

Seu Ananias sentado estava, abancado ficou quando a confusão e o desespero tomaram conta do velório. Ao invés de berrar, apavorado, como todos os outros, começou a rir. Foi uma gargalhada alta e demorada. Dona Janina, ao se dar conta que a causa de todo aquele deus-nos-acuda era ela, e que estava assentada dentro do seu próprio caixão, deu um pulo espetacular, tal qual salto com vara, e foi parar no meio da rua. Dona Ruth, maravilhada com a ressurreição da amiga, batia palmas.

No outro dia, quando tudo voltou a sua normalidade, e a Festa do Pato não foi interrompida, para felicidade do Administrador e tristeza das filhas de dona Janina que não participariam do *"Pato na Lama"*, a única coisa que a falecida ressurreta lembrava era de ter xingado Maria do Rosário por achar que a cachorrinha Lulu ficaria órfã.

Doutor Bandeirante, ao saber do ocorrido, pegou a primeira *"Mamãe me leva"* do dia, em Vila Bela, e foi parar no Povoado. A notícia da mulher que voltou da morte correu os quatro cantos do mundo. Foi manchete até do Repórter Esso e estampou as principais páginas dos jornais do país.

Após examiná-la descobriu que a viúva sofria de uma doença rara que fazia com que os membros de seu corpo ficassem rígidos e sem contrações. A doença fez com que ela ficasse imóvel, inconsciente e sem respirar, causando-lhe uma morte aparente. O doutor ainda não sabia explicar o que tinha causado aquela paralisação transitória de suas funções vitais ou a entidade mórbida que simulou a morte dela. Era um caso para se estudar.

No Povoado, todos queriam conhecer a mulher que voltou da morte. A casa da viúva ficou cheia. Parecia romaria em dia de festa. Dona Janina da Ressurreição dos Últimos Dias recebeu todos. Sem reclamar. Foi a primeira vez, em toda a história do Povoado das Onze Mil Virgens, que a mulher da boca suja não proferiu, durante toda a Festa do Pato e a peregrinação dos curiosos na sua residência, um só palavrão.

RABO DE GALO

Zé Domingos arriou sua viola no balcão da mercearia de dona Ruth e pediu um trago da cachaça mais forte. Desde que tomou conhecimento de que não receberia nada pela apresentação na Festa do Pato, ficou injuriado. O cordelista tinha a mania de repetir, compulsivamente, ações ingênuas para cada ocasião. As ações iam de gestos e palavras obscenas a movimentos contínuos de qualquer uma das partes do corpo. Se o problema era dinheiro, fungava o nariz e dava o dedo; se a questão passava por uma peleja, piscava os olhos e coçava os testículos. Se era acometido de uma doença qualquer, não parava de balançar a cabeça como uma lagartixa. Quando não conseguia guardar desaforo, aumentava o tom de voz e sacudia a perna feito cachorro depois que faz xixi em poste. Se ficava animado, sobretudo na criação de um novo cordel, danava a xingar.

Quando entrou na Mercearia Secos e Molhados, fungava o nariz e piscava os olhos sem parar. Ainda não havia digerido direito aquela ideia de bancar o "voluntário da pátria". A fungada aumentava só de lembrar que um bando de saltimbancos que falava uma língua embolada iria sorrir com uma baita gratificação do Prefeito, enquanto ele e os demais receberiam os certificados de participação.

A bodegueira tirou da prateleira uma garrafa cheia de ervas, folhas e rodelas de limão e serviu ao poeta num copo pequeno de vidro. Ele tomou a dose de uma só vez.

- Todos os anos, quem recebe este povo sou eu!

Eu que fico embaixo do sol e da chuva, rimando, cantando e alegrando! Desabafava furibundo. É só aparecer um povinho, cheio de firula, falando uma língua que ninguém entende, que aquele abestalhado do Administrador abre os braços e as pernas!... Vai te f..., peste! E esticou o dedo para o alto, num gesto obsceno.

-Cuidado com o palavreado no meu estabelecimento, Zé Domingos. Aqui é um lugar de respeito. Pode comer... pode beber. Mas não pode xingar, não! Deixa os palavrões para minha amiga Janina. Disse dona Ruth.

Zé Domingos respirou fundo, tentando se acalmar. Mudou de assunto:

- Por falar na ressurreta, dona Ruth, é verdade que ela não disse um palavrão desde que voltou dos mortos?

- Verdade. Está todo mundo abismado.

Zé Domingos ajeitou o chapéu de couro com a ponta do indicador da mão direita, afastou a viola, dobrou os cotovelos sobre o balcão, e disse, tão certo como a luz que saía de dentro da cozinha da mercearia:

- Vai ver que alguém, lá do outro lado, deu uma chamada de rabo nela e disse:

"-ou a senhora se conserta ou não faz jus ao seu sobrenome!"

- Será, seu Zé Domingos? Ruth ergueu as sobrancelhas.

- Com certeza. Eu é que não quero ir lá do outro lado. A boca suja teve foi é sorte de ter um sobrenome milagroso: Ressurreição! Olha que isso dá até título de um cordel, *A Volta da Mulher que não foi*. A incrível história da mulher que viu o cão e escapou na ressurreição. Não fica bacana? Sorriu. Eita! Vou tomar é mais uma para me inspirar. Põe outro "rabo de galo", dona Ruth. Quando subir naquele coreto vou rimar até o c... fazer bico! O Prefeito e o Administrador que me esperem.

- Rabo de galo? Espantou-se dona Ruth. Nem sequer reclamou do novo palavrão que o poeta disse. A expressão bucólica lhe chamou mais atenção. De onde o senhor tirou isso? Veio de algum de seus cordéis?

- Rabo de galo?

- Sim.

- É o jeito que eu gosto de chamar essa cachaça braba, com chá amargo de raízes, folhas, frutos e outras especiarias que a senhora mistura para a gente beber. Disse o poeta fazendo cara feia.

- Gostei! De hoje em diante essa mistura vai se chamar "Rabo de Galo", em sua homenagem.

- Então, dê cá logo outra dose... Aproximou o copo da garrafa. Esta agora é por conta da casa. Deu uma piscadela para a bodegueira.

- Com o senhor a gente não pode cochilar! Disse ela enchendo o copo do cordelista.

- Saúde! Zé Domingos ergueu o copo e de uma só tragada engoliu a bebida.

A partir de então, aquela bebida de chá amargo e cachaça, com pedaços de frutas ou folhas ficou sendo chamada por todo o Povoado das Onze Mil Virgens de Rabo de Galo.

UM HOMEM ATRÁS DA IGREJA

Juarez vestiu o terno com listras, de fechamento duplo e ombreiras bem longas e quadradas, que davam a impressão de deixá-lo com o peito mais largo que os demais jovens da sua idade. A calça longa, bem justa, foi ideia de sua mãe. Os cabelos penteados para trás, ampliando a testa, sugestão do subdelegado. Juarez não gostava de jogar os cabelos para trás, preferia pentear de lado. Era mais charmoso. Com os cabelos para trás a testa ficava grande e tudo que ele não queria era ser chamado pelos amigos do Povoado de "capacete", "quebra-vento", "testa de amolar facão", "escorregadeira de piolho" e sabe-se lá mais o quê que os outros inventassem.

Saiu de casa depois de lustrar bem os sapatos, guardar a flauta de bambu no estojo e dar uma última olhada no espelho. Seus pais e João aguardavam na praça. Esmeralda e a família dela também. Estava quase na hora de sua apresentação, quando subiu a Rua Direita Baixa, cantarolando, para afugentar a ansiedade e fazer tudo direitinho como a Professora de Canto ensinou. Atravessou o bosque e, ao invés de ir pela frente da Casa de Passagem, resolveu dar a volta por trás para passar ao lado da igreja e tocar no solo sagrado. Uma superstição que, segundo ele, sempre dava certo antes de tocar. Já havia passado quase todo o casario das freiras quando um objeto reluzente, logo à frente, lhe chamou a atenção. Ao agachar para pegá-lo, um movimento estranho de um homem, atrás da igreja, interrompeu seu intento. Ele pode ver, claramente, que o indivíduo usava uma pá e estava cavando o terreno. Ele era alto e magro, vestia um casaco escuro, calças longas e folgadas, usava um chapéu de feltro que o impediu de ver a silhueta de seu rosto e a cor de seus olhos. Mesmo que quisesse, estava a mais de cem metros do outro. Seus olhos pareciam apenas dois pontos escuros de onde ele estava. Não havia mais ninguém ao redor, com exceção do homem e ele, observando o movimento repetido do indivíduo.

O instinto do investigador, do jovem que desvendou o roubo do tesouro da igreja, falou mais alto. Por um momento, esqueceu da apresentação e foi até o local descobrir o que estava acontecendo. Ao perceber que alguém se aproximava, o homem largou a pá, pegou um saco, aparentemente pesado, e correu na direção da segunda ponte do Rio Vermelho e escafedeu-se entre as perobas-rosas e o caminho da mata escura. Juarez correu atrás dele. Mas não conseguiu alcançá-lo. Ele desapareceu na floresta. Na volta, percebeu que as pisadas do indivíduo formavam marcas irregulares, como se o suspeito tivesse algum defeito físico nos pés. Encontrou alguns objetos que caíram do saco que ele carregava. Eram pulseiras de prata e um pesado cordão dourado. Aqueles artefatos pareciam peças de um grande tesouro. Com a descoberta, Juarez não tinha mais dúvidas de que a história do joalheiro não era uma lenda. O Administrador mentiu. E alguém tinha encontrado o tesouro do seu pai no mesmo dia em que Mestre Virgílio morreu.

A CAÇA AO TESOURO

Zé Domingos tomou mais rabo de galo do que deveria e acabou adormecendo no pé do Monumento das Virgens. A Professora de Canto já havia marcado o passo de tanto andar de um lado a outro do coreto, que a prefeitura montou especialmente para a Festa, esperando ansiosa pelo aluno principal do Conservatório. Os jovens se divertiam no jogo do *Pato na Lama*. Inclusive João, que se preparava para derrubar mais uma adversária. Se o irmão era bom na flauta, ele era bom na força. No ano passado sagrou-se campeão daquele jogo mais procurado pela juventude e competia agora para o bicampeonato.

Juarez chegou por trás do palco, esbaforido, procurando pelo pai. Berenice respirou aliviada quando o viu. O jovem fez um rápido sinal para ela e partiu na direção do subdelegado. Ao encontrar o pai contou o que havia presenciado e mostrou os objetos que encontrara no meio do caminho. Alguns moradores que estavam bem próximos ouviram quando Juarez falou da existência do tesouro. E que o ladrão estava fugindo naquele instante para a mata escura.

- Você tem certeza, meu filho? O homem carregava mesmo o tesouro perdido do velho mercador? Questionava o subdelegado.

- Estes objetos antigos não provam nada? Retorquiu veemente.

A Professora de Canto desceu do palco e foi ao encontro do Juarez. A apresentação já estava atrasada. Esmeralda também se aproximou dele quando percebeu a agitação do outro.

- Juarez, ande logo. A plateia está esperando. Apressou Berenice. Em frente ao palco foram colocadas dez fileiras de cadeiras, harmoniosamente. Foram posicionadas de um jeito que todos pudessem ver as apresentações dos solistas.

- Desculpe, professora. Acho que hoje não vai dar. Disse virando-se para Esmeralda com um largo sorriso no rosto. Eu encontrei o tesouro!

- Tesouro? Que tesouro? Esmeralda deu de ombros. Juarez ainda não havia tido tempo de contar a ela a lenda do tesouro perdido de Malquias Amzalag.

- Vou atrás do ladrão! Exclamou o subdelegado.

- Eu também vou com o senhor. Disse Juarez.

- Mas, Juarez, não podemos deixar as pessoas esperando. Todos vieram aqui para ver sua apresentação! Disse Berenice preocupada.

- Eu sei onde está o tesouro que Mestre Virgílio encontrou, dona Berenice. Temos que ir atrás dele agora mesmo.

- Tesouro?! A Professora de Canto deu um salto excitada. Guarde um pouco para doar para o Conservatório!

Labão e Tiagão que ouviram toda a conversa espalharam na praça que o filho do subdelegado havia visto o tesouro perdido de Malquias Amzalag. O povo se alvoroçou. Alguém gritou que o ladrão tinha sido avistado aos pés da grande sumaúma. Labão vociferou que iria atrás do bandido. Outros tomaram a mesma decisão. De repente, a Festa do Pato se transformou na Festa do Tesouro. Crianças, jovens, adultos e velhos saíram em busca da grande fortuna. Zé Domingos acordou com o barulho. Ao saber do que se tratava, largou a viola em cima das virgens e saiu em disparada para o bosque das perobas-rosas. Veio gente do Passo da Lontra, liderado por Seu Ananias; da Rua das Putas Tristes, conduzidas em cima do caminhão de Seu Lameque; da Rua Direita de Cima e da Rua Direita de Baixo, liderados pela mulher que voltou dos mortos, dona Janina da Ressurreição; da Ladeira da Gameleira, todos os moradores e do Touro Morto, o administrador e um bando de agricultores. Somados a todos eles estavam os visitantes da Festa.

O povo inteiro entrou na mata. Muitos carregavam pás e enxadas; outros empunhavam facões e machados. O subdelegado tentou coordenar a busca, mas foi em vão. Ninguém conseguia controlar ninguém. Juarez tentou descrever o suspeito para o subdelegado. A única coisa que se lembrava era de que o indivíduo era alto, magro e puxava da perna. Foi o suficiente para Josué Silva chegar à conclusão de que um homem com aquelas características só tinha um em todo o Povoado.

- O Administrador! Bradou.

- Demas Amzalag, o filho do mercador? Juarez deu um pulo. Caramba! Por que não pensei nele antes, meu pai? Eu bem que desconfiei daquele discurso no dia do velório de Mestre Virgílio.

- Vem comigo, meu filho. Agora você vai ver como trabalha um homem da lei! E saiu arrastando Juarez; João, Labão e Tiagão foram logo atrás. A máscara do Administrador estava caindo.

O MARIDO QUE NINGUÉM VÊ

Quando Isaura Cornejo chegou em casa, levou um grande susto. Objetos de ouro e prata, pulseiras, anéis, colares, talheres, bandejas e brincos, grandes, médios e pequenos estavam espalhados por toda a sala. As mãos tremeram, o corpo esfriou. As pernas sequer obedeceram a seus passos. Se ajoelhou diante de todo aquele tesouro e gargalhou, maravilhada e, ao mesmo tempo, atônita. O que faria agora com tudo aquilo? Iria diretamente ao subdelegado contar a grande descoberta ou esconderia novamente o tesouro até que tudo se aquietasse?

Ela começou a juntar as peças, colocando-as rapidamente dentro do saco. A cada objeto recolhido, um palavrão proferido. A indignação de não poder ser dona de toda aquela fortuna a deixava ainda mais furiosa. *"Tanto ódio, tanto rancor, para nada!"* Dizia. Só havia três coisas que a deixavam sorrindo: saúde, amigos e dinheiro no bolso. A saúde já não andava muito boa; amigos eram raros e dinheiro passava distante. Cansara de viver uma vida de aparência. Ser o homem e a mulher da casa, ao mesmo tempo, não era uma tarefa fácil.

- Soares, você ficou louco? Por que espalhou tudo isso no meio da casa? Não combinamos de você enterrar no fundo da igreja? Rezingou enraivecida.

- Eu fui, no horário combinado. Mas aí apareceu aquele filho do subdelegado e me viu. Tive que sair correndo, entrar na mata e fugir pelo Monte da Febre. Acho que deixei cair uma ou outra peça. Respondeu o outro.

- Valei-me, meu Nosso Senhor Jesus Cristo! O garoto lhe reconheceu? Ela arregalou os olhos e caiu de costas, sentada na poltrona da sala.

- Felizmente, não. Disse caminhando inquieto de um lado a outro do cômodo.

A mulher levou as mãos até a cabeça e ficou massageando o couro cabeludo com a ponta dos dedos. Depois deixou as mãos escorregarem levemente sobre o rosto, enquanto simultaneamente, mordeu o lábio superior e jogou a cabeça para trás. Quando inverteu o movimento, trazendo a cabeça novamente para frente disse resignada:

- A essa altura todo mundo já sabe que o tesouro existe. Chegar aqui vai ser uma questão de tempo! Meu Deus! Vou perder tudo que mais me resta nesta vida, minha dignidade! Maldita hora que resolvi ajudar você a esconder esta maldição. Você tinha nada que seguir o Mestre Virgílio naquele dia?

- Eu não segui ninguém. Você sabe que eu sempre vou na Cova do Anjo visitar nosso filho. Foi coincidência! Não sabia que encontraria ele lá. O velho tomou um susto quando me viu e bateu a caçoleta. Relembrou. Eu ainda tentei reanimá-lo, mas não teve mais jeito. Nunca me passou pela cabeça que naquele lugar onde enterramos nosso menino, o velho mercador havia enterrado também o seu tesouro. Quando vi essa fortuna toda, fiquei sem saber o que fazer. Arrastei Mestre Virgílio até onde pude, tapei o buraco e trouxe o tesouro para cá.

- Você devia ter ido buscar ajuda! Não devia ter deixado o velho desamparado naquele monte. Sabia que você pode ser preso por causa disso? Por que não me contou no mesmo dia que aconteceu? Indagou ela rispidamente. Parecia até que eu sabia da existência deste troço quando se falou sobre ele no velório de Mestre Virgílio.

- Não te disse nada antes com medo da sua reação! Exclamou.

- E agora? O que nós vamos fazer? A mulher apertou os cabelos nervosa.

- Entregar ao subdelegado! Disse.

A presidente baixou a cabeça pensativa. O outro continuava andando de um lado a outro da sala. Entregar o tesouro podia não ser a melhor alternativa, mas seria a mais sensata. Se tivesse devolvido no mesmo dia que ficou sabendo, talvez ainda recebesse alguma recompensa pelo feito. Porém, resolveu ajudar o marido a escondê-lo. Deixou que todos acreditassem na lenda, na história, na invenção do povoado.

- Você também pode ser presa por me ajudar a esconder o tesouro. Declarou o marido em tom retaliativo. Pode ser enquadrada pelo subdelegado por ocultar, em benefício próprio, um tesouro de que não podia dispor. E ainda vai perder a presidência da Confraria, e passar alguns anos na cadeia.

- Seu vagabundo! Isaura quase partiu para cima dele. Vociferou entredentes:

- Eu só quis te ajudar, seu desgraçado! Preguiçoso! Indolente! Estafermo! Inerte! Eu me acabo de trabalhar e você fica aqui, o dia inteiro, coçando o saco. Até inventei uma doença para justificar sua ausência nos eventos do povoado. E agora, você me vem com essa história de ir para a cadeia? Eu prefiro a morte! E vou te levar junto, se o subdelegado me prender! Agarrou um jarro de flores sobre a banquinha da sala e partiu na direção do marido.

O *"marido que ninguém vê"* deu um urro, desesperado, esperando a pancada certeira na cabeça. Isaura Cornejo parou o golpe a meia altura, quando ouviu o grande plano:

- Vamos jogar o tesouro no rio!

Ela se jogou de novo no sofá, de costas, deixando o jarro cair no chão. Qualquer plano àquela altura era válido para impedir o flagrante e evitar a prisão. O *"marido que ninguém vê"* foi salvo pelo espalhafatoso plano de se desfazer do tesouro no Rio Miranda. Restava agora saber se quem faria esta proeza seria a presidente da Confraria dos Letrados ou o idealizador da façanha.

O COMPRADOR DE ALMAS

A ausência do Comprador de Almas durante a apresentação que não ocorreu naquele segundo dia da Festa do Pato, na Praça da Igreja, só reforçou ainda mais a certeza de que poderia ser ele o homem que fugiu com o saco nas costas para a mata escura. Demas Amzalag era alto, magro, puxava da perna direita, devido ao problema do joelho, e havia mentido no velório do Mestre Virgílio quando foi interrogado por Juarez sobre a existência ou não do tesouro de seu pai. A culpabilidade do Administrador do Povoado era dada como certa pelo subdelegado Josué. Entretanto, todas estas conjecturas caíram por terra quando eles invadiram, sem pedir licença, a casa do Administrador.

Tiagão foi quem arrombou a porta, por ordem do subdelegado. Josué Silva com a arma em punho, protegeu o filho, afastando-o para trás. O chefe de polícia entrou silenciosamente, quase agachado, seguido em fila indiana por Juarez, Tiagão, João e Labão. O barulho da porta caindo pesadamente na sala não foi ouvido pelos gemidos que saíam de um quarto pequeno, nos fundos, de onde se podia ver a Casa Rosada. Pé ante pé, os justiceiros percorreram o corredor, a cozinha, até chegar na porta do pequeno quarto. Uma espécie de puxadinho que dava para o quintal. O subdelegado fez sinal para Tiagão autorizando um novo arrombamento. Tiago de Alvarenga não contou conversa, deu um único chute. A porta quase caiu em cima dos amantes.

- Que invasão é esta? O que está acontecendo aqui? Berrou o Administrador, pelado, tentando se equilibrar na cama cosida de pano, punhos e cordas. Os dois estavam numa enorme rede de descanso, presente do seu tio cearense.

- Seu Demas Amzalag, o senhor está preso pelo sumiço do tesouro de seu pai! Apontou a arma para o outro. Labão, Tiagão, Juarez e João não tiravam os olhos da mulher envergonhada.

O Administrador ergueu as mãos, temendo uma desgraça. Dona Margarida tentou se esconder atrás dele, cobrindo a face com as mãos, mas não teve jeito, a evidência estava posta e os amantes descobertos. *"Porque nada está encoberto senão para ser manifesto; e nada foi escondido senão para vir à luz"*, pronunciava amiúde a beata Maria do Rosário.

O subdelegado lembrou, na hora do flagrante, de um ditado popular português: *"atirou no que viu e acertou o que não viu"*. Na tentativa de desvendar um segredo, acabou revelando outro.

Por fim, apesar de repetidas vezes, a beata Maria do Rosário declarar que todas as coisas um dia seriam reveladas, a velha não perdeu a chance de garantir, para todo mundo que estava por perto ouvir:

- Não confies em flores que desabrocham em março, nem em mulher que não tem vergonha. Tenho dito!

Margarida, a *"Rainha da Etiópia"* foi pega em flagrante, na cama, ou melhor, na rede do seu primeiro amor. O homem que falava pelos cotovelos e que agora conduzia o Povoado que ficou famoso, entre outras coisas, pela Casa Rosada, da Rua das Putas Tristes, residência derradeira de seu primeiro marido, o coronel, e hoje ferreiro, Lameque de Alcântara Brandão.

NÃO XINGUES MAIS!

Dona Janina acordou ainda cansada. Aos poucos foi recuperando a consciência. O sol despontava no horizonte. Ela percebeu isso quando os primeiros raios da estrela maior invadiram as folhas das árvores naquele bosque cheio de gente. As pessoas estavam dispostas em sete grupos. Cada grupo num determinado espaço, em círculo, voltados para o interior do próprio círculo. Ela foi se aproximando lentamente de um dos grupos e entrou também no círculo. Todos assistiam à punição de uma mulher, acorrentada pelos pulsos, presa a uma coluna de pedra, seminua, com os seios à mostra, cobertos de sangue, sendo chicoteada por um verdugo com várias tiras trançadas de couro, tendo em suas extremidades pequenos pedaços de osso e ferro. As costas da mulher eram dilaceradas a cada chicotada. Janina ficou horrorizada com a cena. Quis ajudar, quis gritar, implorar. Mas a voz estava presa a garganta e as pessoas que assistiam à punição, sem nada poder fazer, apenas soluçavam miseravelmente. Janina tentou ir até a mulher. Mas havia uma barreira invisível que impedia ela e os demais de se aproximarem.

A viúva então correu para outro círculo. Desta vez, as testemunhas observavam um velho, aleijado, morrendo de sede, tentando se aproximar de uma poça d'água ao seu lado, mas as correntes presas aos seus pés, o impediam de chegar mais perto. Cada vez que tentava tocar na água, as correntes o apertavam, fazendo com que sangrasse ainda mais. A boca seca, pegajosa, desequilibrado, cego.

No terceiro grupo, um pouco menor que os dois anteriores, havia um homem, jovem, vestido como um militar. Suas orelhas haviam sido decepadas, a cabeça raspada. Ele sangrava pelo nariz, estava amarrado em forma de cruz, com os braços esticados por cordas de couro e as pernas presas a argolas pesadas de ferro. O homem olhou profundamente nos olhos de Janina e uma voz ecoou na sua cabeça como um alerta: *"Janina, não deixe fazer contigo o que estão fazendo comigo. Você ainda tem uma chance. Pare de xingar!"* Ela recuou rapidamente para trás. Reconheceu aquele homem, reconheceu aquela voz. Era o tenente revolucionário Antônio dos Últimos Dias, seu falecido marido. Dona Janina da Ressurreição dos Últimos Dias entrou em desespero ao ver o único amor de sua vida sendo torturado como um bandido. Ao afastar-se, se deu conta que ainda estava no Povoado das Onze Mil Virgens, bem perto do Rio Vermelho, agora literalmente vermelho como sangue. Algumas pessoas estavam agachadas, ao lado do rio, bebendo da água vermelha, com exalava um cheiro de enxofre. Outras se posicionavam na porta da Igreja, sentadas, como se esperassem a vez de serem chamadas para serem atendidas por um senhor, calçando sandálias surradas, vestido uma túnica remendada, com a cabeça coberta por um capuz, segurando uma vara de peroba-rosa, desabrochada. Janina logo o reconheceu. Era o Profeta.

Olhou para trás e se sentiu tentada a observar os outros quatro grupos. Quem mais estaria ali, sendo torturado e morto naqueles círculos? Que prazer tinha aquelas pessoas de verem outras sendo afligidas? Já que não podiam ajudar, por que não se afastavam daquele lugar? A resposta aos seus questionamentos, veio pelo *"homem que tudo vê"*. O carpinteiro Ananias surgiu logo atrás dela, falando a meia voz, em seu ouvido.

- Porque aqui, os pecadores devem assistir ao castigo dos outros pecadores que pecaram muito mais que eles e foram para o inferno!

Dona Janina, se alarmou, e deu um giro repentino, ficando frente a frente com Seu Ananias. Ela abraçou o carpinteiro, chorando. Chorou por um longo tempo. Quando parou de soluçar, seu Ananias a levou até a praça da Igreja. Os dois se sentaram ao lado do Monumento das Virgens. O rosto do velho cintilava. Seus olhos estavam mais claros. Sua voz era como um bálsamo aos ouvidos da viúva. Ela quis fazer muitas perguntas. Queria saber que lugar era aquele que, por mais que parecesse o Povoado das Onze Mil Virgens, ela sabia que ali era outro lugar.

- Aqui é o Expiatório. disse Seu Ananias se preparando para explicar o que estava acontecendo. Um lugar de segunda chance para os amigos de Deus. Depois de observar o sofrimento dos outros que nem sequer tiveram a chance de vir até aqui, eles vão até o Rio Vermelho, bebem de sua água, para se purificar. Depois, têm uma audiência com o Profeta, antes de iniciar a grande subida pelas escadas infinitas. É ele quem autoriza ou não a sua entrada na "igreja". Se você responder as setes perguntas do Profeta, pode entrar. A "igreja" é a entrada para o Céu.

- Então eu tenho que beber aquela água nojenta do Rio Vermelho, com cheiro de sangue? Indagou com desprezo.

Seu Ananias esboçou um sorriso longo, porém, acolhedor, ante a expressão ingênua e, ao mesmo tempo, atrevida, da mulher da boca mais suja do Povoado. Ele cruzou as mãos sobre o joelho, respirou fundo e disse, pausadamente:

- Dona Janina, a senhora não está em condições de escolher isso ou aquilo. Está aqui pela misericórdia de Yahweh. Ainda não irá beber da água do Rio Vermelho. Você voltará para casa prometendo que nunca mais dirá um palavrão sequer. Não importa o tamanho do palavrão. Não dirá mais nenhum. Se desobedecer à ordem do Senhor, irá, sem escalas, direto para o INFERNO!

- Não posso dizer nem um p...! Exclamou ela. O palavrão foi engolido antes mesmo que pudesse dizê-lo.

Seu Ananias riu, sacudindo a cabeça.

- Aqui não sai nenhum palavrão. Mesmo que a senhora queira. E continuou rindo.

No lado leste, a caminho das perobas-rosas e das setes curvas do Monte da Febre, logo após as pessoas que esperavam na porta da igreja, dona Janina viu dois anjos

Serafins, ao redor de uma fogueira, cheia de brasas. Cada anjo possuía seis asas; com duas cobriam suas cabeças, e com duas cobriam os seus pés, e com duas voavam. Um deles descobriu a cabeça, pegou uma das brasas com uma barra de metal e voou na direção de dona Janina. Seus olhos se esbugalharam. Ela tentou correr, mas não conseguiu. As pernas não lhe obedeceram. A boca, involuntariamente, se escancarou, e antes que sua língua enorme fosse posta para fora, confessou arrependida:

- Meu Deus, estou condenada! Sou uma mulher de boca. Vou MORRER!!! Bradou.

A língua rosa e enorme foi esticada para fora e o Serafim depositou a brasa quente na sua boca. Seu Ananias, que o tempo todo se divertia com o desespero da viúva, proferiu a sentença do perdão:

- A tua crueldade foi tirada, e pago está o teu pecado. Volte e não xingues mais!

Dona Janina da Ressurreição dos Últimos Dias acordou com muita sede. E daquele dia em diante, não xingou nunca mais.

A CONFISSÃO

A notícia de que o Administrador e dona Margarida - a primeira das três esposas do ferreiro Lameque - foram surpreendidos em flagrante delito conjugal, se espalhou que nem fogo em capim seco. O subdelegado colocou os dois na mesma sala, de frente para ele. Antes que o Administrador pudesse dizer qualquer coisa em sua defesa ele foi logo enquadrando o casal no que havia de mais moderno na lei brasileira: o Código Penal, criado pelo Decreto-Lei número 2.848, de 7 de dezembro de 1940, e que havia entrado em vigor no dia 1º de janeiro daquele ano.

Apesar de não ter formação em Direito, se dizia um rábula experiente que conhecia o recente código penal mais do que qualquer um da região. Começou acusando Demas Amzalag de omitir informações relevantes sobre o tesouro do pai, fazendo declarações falsas, com o fim de prejudicar a investigação da morte do Mestre Virgílio, alterando a verdade dos fatos. E, por ele, ser funcionário público, prevaleceu-se do cargo para dificultar ainda mais o inquérito.

-Portanto, você já está encaixilhado no artigo 299, afirmou o subdelegado sorrindo com a palavra bem articulada.

Juarez e João, que foram permitidos pelo pai, para acompanhar o depoimento dos suspeitos, sem dar nenhuma opinião, observavam tudo atentamente, maravilhados com a condução do Chefe de Polícia. O subdelegado continuou alertando ainda para o fato de que o Administrador também estaria cometendo crime de adultério, com uma pena prevista de quinze dias a seis meses. O mesmo, neste caso, se aplicaria a dona Margarida. Demas logo protestou:

- Eu sou desquitado. Não posso ser preso por este crime. Protestou o Administrador referindo-se ao artigo 240 do código.

- Tudo o que o senhor falar neste interrogatório, poderá ser usado contra o senhor! Declarou o subdelegado, cheio de si, piscando rapidamente para os filhos insinuando que sabia o que estava fazendo.

Dona Margarida, com grande pesar nos olhos, e visivelmente envergonhada, tentou justificar o flagrante:

- Não há mais vida entre mim e Lameque. Nossa relação já não existe mais. Eu sei que foi um erro...

O subdelegado interrompeu:

- Isso pode ser levado em conta diante do juiz, dona Margarida. Mas no momento, aconselho a senhora a ficar calada. Este senhor aqui, apontou para o Administrador, é quem precisa dar os devidos esclarecimentos. Podemos continuar, seu Demas?

O Administrador acenou com a cabeça confirmando e, em seguida, começou seu depoimento contando a história de sua família. Sua mãe, uma vilabelense legítima, filha de um produtor de café e seu pai, judeu, que veio para o Brasil no início do século XIX, vindo do Marrocos, morando inicialmente no Pará, depois na Província de Vila Bela onde conheceu sua mãe. Seu pai veio para o Brasil atraído pela época de ouro da borracha e sua vinda foi bancada pelo seu avô que já morava aqui. A princípio, ajudou o sogro nas lavouras de café, mas sentiu que tinha mais talento com pedras preciosas, ouro, pulseiras e outros elementos de joalheiro. O pai confessara quando ele era pequeno que adquirira o hábito de mercador com o bisavô que fora joalheiro na Espanha durante a Primeira Grande Guerra Mundial. Seu nome, inclusive, era o mesmo nome de batismo do bisavô. O subdelegado pediu que ele saltasse esta parte familiar e chegasse logo na questão central do tesouro. Perguntou se ele sabia da existência da fortuna do pai. Ele confessou que, a princípio, achou que tudo não passasse de invenção do Mestre Virgílio, para tentar fugir da acusação de roubo. E, aí, ele abriu um parêntese para descrever como as coisas aconteceram entre o Mestre Virgílio e o senhor Malquias Amzalag.

- Mestre Virgílio roubou o seu pai? Indagou o subdelegado, surpreso com a confissão.

- Esta é a versão que a gente aprendeu com mamãe desde criança. Inclusive Mestre Virgílio ficou muitos anos preso por causa deste fato. Explicou.

- A mulher do Mestre Virgílio dizia que ele era inocente. O próprio jurava que o tal tesouro existia mesmo. E que esse negócio de roubo foi invenção de sua mãe. Eu pesquisei os documentos do processo em Vila Bela. As testemunhas foram arranjadas. Elas nem conheciam o Mestre Virgílio. Juarez interferiu. O subdelegado fez sinal para ele ficar em silêncio.

- Pois é... O Administrador mordeu o lábio inferior. Tem a versão de seu Virgílio e a versão da minha mãe. Eu fico com a versão da minha mãe.

- E eu fico com a do Mestre Virgílio! Retorquiu o jovem Silva.

- E quando foi que o senhor teve a certeza de que o tesouro do seu pai era uma realidade? Inquiriu o subdelegado.

- Quando encontrei este medalhão de prata, igualzinho ao que meu pai vendia. Mostrou o medalhão acinzentado, empretecido pelo tempo. Em alto relevo estava gravado a Estrela de Davi, também chamada de *"escudo supremo de Davi"*, um símbolo em formato de estrela com dois triângulos sobrepostos, idênticos. Um com a ponta para cima e outro com a ponta para baixo. Muito comum na religião judaica. O medalhão estava pendurado ao seu pescoço. Eu também fui à Cova do Anjo quando soube da morte do Mestre Virgílio. Achei o medalhão na quinta curva. A partir daí, passei a investigar também.

- Então, o senhor encontrou o tesouro! Exclamou o subdelegado.

- Infelizmente, não. Lamentou cabisbaixo.

Juarez interveio outra vez, mais incisivo, acusando-o:

- Eu vi o senhor atrás da igreja, tentando enterrar o tesouro.

- Impossível! Só se eu tivesse o dom de estar em dois lugares ao mesmo tempo! Ironizou. Eu e Margarida, ficamos durante todo o dia em nosso cantinho. Segurou a mão da amante, carinhosamente.

O subdelegado deu um olhar severo para o filho, repreendendo-o por ter, mais uma vez, interferido no depoimento. Em seguida, pediu que seu auxiliar, um baixinho gordo e atarracado, de bochechas rosadas, olhos pequenos e cabelo liso, que costumava usar um chapéu de abas curtas, para preparar o documento que o Administrador assinaria. Juarez ficou decepcionado. Tinha certeza de que o pai prenderia o Administrador por falso testemunho ou, na pior das hipóteses, por flagrante adultério. Nada disso aconteceu. Demas e Margarida foram liberados. E o caso do tesouro voltou novamente a estaca zero. Enfim, o subdelegado Josué Silva podia até ser pernóstico, mas, burro ele não era não.

O segundo dia da Festa do Pato terminou sem apresentação dos solistas, Juarez e Zé Domingos, sem prisão do ladrão e sem tesouro. Em compensação, dona Ruth foi a primeira a saber o que se passou com a morte aparente de dona Janina durante as oito horas em que ela passou desacordada, sem respirar. Doutor Bandeirante batizou de catalepsia patológica. A beata Maria do Rosário chamou de milagre. Seu Ananias denominou de "lição".

Zé Domingos afirmava que alguém, lá do outro lado, dera uma chamada de rabo nela.

Todavia, o mais escandaloso caso do Povoado das Onze Mil Virgens, que atentava contra *"a honra e os bons costumes dos paladinos da moralidade"*, a começar pelo Padre Sizínio e as beatas e freiras da Igreja de Santa Úrsula, foi o flagrante de adultério entre a *"Rainha da Etiópia"* e o *"Comprador de Almas"*. A decisão agora saía das mãos do subdelegado Josué e passaria para as mãos do Sr. Lameque. O coronel ou o ferreiro chegariam a um veredicto sobre a assunto.

O dia terminou, em todos os cantos do povoado, com a mesma pergunta:

- Se você fosse o coronel, o que faria?

UM VULTO NA ESCURIDÃO

Do fundo da casa de Seu Ananias, via-se parte das corredeiras do Rio Miranda. Ele tinha o costume de acordar, diariamente, às quatro horas da manhã. No último dia da Festa do Pato queria ser o primeiro a chegar na arena da competição mais importante da festa. A brincadeira que o tornara pentacampeão, nos anos de ouro de sua fase mais produtiva, dos trinta aos quarenta anos de idade.

Seu Ananias morava numa casa feita de pau a pique, uma técnica milenar que entrelaçava madeiras verticais, presas ao solo, com vigas horizontais, de bambu, amarrada entre si por cipós, transformando num grande painel perfurado, que após ter os vãos preenchidos por barro, viravam paredes. O próprio Ananias construiu a casa, usando madeira de qualidade, apropriada ao solo, evitando assim rachaduras e fendas, para não se transformar em moradia de roedores e insetos, sobretudo o besouro que transmitia doenças como chagas e a maldita maleita. Para isso, as paredes eram todas rebocadas, inclusive a cozinha, onde ficava o fogão a lenha, uma janela, uma mesa bem trabalhadas de jacarandá e quatro bancos de peroba-rosa. A sala estava com uma parte da parede nua onde se via a base de cipós e marmeleiros que o velho prometera consertar desde o verão passado. Havia ainda duas poltronas velhas, carcomidas que, juntas, transformavam-se na cama de Samuel quando ele passava o fim-de-semana com o avô.

Entre a cozinha e a sala estava seu quarto, separado por um enorme lençol de chita, pendurado por uma codilha.

O telhado era coberto por telhas de cerâmica, avermelhadas. Parte dele estava com algumas telhas fora de lugar, gerando algumas goteiras na sala e na cozinha. Do lado de fora ficava a oficina onde ele e Mestre Virgílio produziram muito artesanato juntos. Uma pequena cerca que percorria todo o quintal, feita de varas enfileiradas, onde ele saltou, para fugir do artesão quando foi pego com a boca na botija. Em uma das extremidades, do lado leste, um frondoso pé de peroba-rosa, que cobria parte da visão do Morro da Febre. Ao dobrar os cotovelos sobre a janela da cozinha, enquanto esperava o café ferver no fogo, viu o movimento de um homem, carregando um saco nas costas, manquejando a perna direita. Ele subiu, devagar, em um pequeno calhau e se precipitou à margem do rio. A lua estava no ponto mais alto de sua grandeza, facilitando a visão daquele homem alto e magro, de nariz e queixos pontudos, a quase um quarto de légua longínquo.

A duzentos metros de distância, um ser humano é capaz de ver detalhes da roupa de um indivíduo, como botões e broches; a trezentos metros, o rosto parece apagado. À noite, então, vê-se apenas uma mancha negra. A quinhentos metros é possível ver a cor das roupas, a cabeça e o chapéu; a setecentos metros de distância, um ser humano comum, mal consegue ver detalhes da cabeça de outrem. A mil e quinhentos metros, Seu Ananias, conseguia descrever a cor dos olhos de qualquer morador do Povoado das Onze Mil Virgens. *"O homem que tudo vê"* viu quando José Soares Cornejo, *"o marido que ninguém vê"*, erguer acima de sua fronte um saco pesado e com o que lhe restava de forças, arremessá-lo nas águas escuras do Rio Miranda, antes dos primeiros raios solares tomarem conta do último dia da Festa do Pato.

A VINGANÇA DO CENTURIÃO

Dona Margarida era reincidente. Para toda a população de Onze Mil Virgens, aquela foi a primeira vez que o Administrador e Margarida foram pegos em adultério. Entretanto, para o coronel Lameque, tomar conhecimento do caso que agora se tornava público, não foi nenhuma surpresa. Durante as comemorações da Semana Santa de 1940, o Padre Sizínio resolveu montar o espetáculo da Paixão e Morte de Jesus Cristo. Todos os moradores do povoado teriam que participar. Se não todos, pelo menos àqueles que frequentavam às missas de quarta-feira e domingo. Entre eles, o Administrador, o subdelegado, a beata Maria do Rosário, Theda Bara, dona Ruth, dona Janina, Labão, Tiagão, Mestre Virgílio, dona Augusta, as crianças, Juarez, João, Rosa, Violeta, doutor Bandeirante, o professor Bernardo Guimarães e dona Margarida. Distribuídos os personagens principais, o Administrador ficou com o papel de Jesus; dona Ruth fez o papel de Maria, mãe de Cristo; e dona Margarida o papel de Maria Madalena. *"Nada mais justo"*, na voz cortante como o aço da beata Maria do Rosário.

Os ensaios eram realizados todas as noites, sempre depois das dezenove horas, no salão da igreja, de segunda a quarta-feira. O Padre, na função de diretor do espetáculo, dava as coordenadas de entrada e saída, bem como definiu o trajeto da Via Sacra na rua. A Professora de Canto foi responsável pela trilha sonora, com a participação solista do jovem Juarez e das crianças do povoado de Touro Morto. Seu Ananias e Mestre Virgílio construíram o cenário e a cruz que seria carregada por Nosso Senhor. O chicote para castigar Jesus foi feito de tiras de tecido, para não machucar o ator durante o martírio. As beatas Ruth, Maria do Rosário e Janina iriam atrás da cruz, chorando e apelando para o centurião reduzir as chicotadas. O centurião seria interpretado pelo poeta Zé Domingos, mas, no dia, teve uma crise de nervos e não foi para a apresentação.

Na véspera da estreia, dona Margarida saiu às pressas para a igreja, bem antes das dezenove horas, e esqueceu parte do seu figurino, o véu de Madalena. O Padre exigiu que todos fossem pontuais para repassar os mínimos detalhes da apresentação. As comunidades de Touro Morto e Rio Negro também foram convidadas para assistir à grande encenação dos artistas. Até o Prefeito confirmou presença. Ao ver a peça esquecida sobre a cadeira da sala, o ferreiro Lameque não pensou duas vezes. Pegou o adereço, entrou no caminhão e foi até a igreja para entregar à esposa.

Quando estacionou o V-8 na praça, viu que ela estava vazia. Os atores ainda não haviam chegado. Viu a porta da igreja entreaberta. Entrou, percorreu o salão, e nada encontrou. De súbito, resolveu ir até os fundos da paróquia. Ao chegar, na antessala, viu o Administrador aos beijos com Margarida. O coronel deu um berro, soltando fogo pelas ventas. Sacou um punhal que costumava trazer à cintura e partiu para cima de Demas. Padre Sizínio foi chegando na hora e impediu que a desgraça se concretizasse. O Administrador tentou se justificar dizendo que tudo não passara de um engano e que aquela cena fazia parte do espetáculo. O ferreiro se enfureceu mais ainda. Exigiu do padre a expulsão do facínora do espetáculo.

- Ou ele sai, ou não contribuo mais com a construção do convento. Disse o ferreiro colérico, expelindo uma gosma branca no canto da boca.

- Mas ele é Jesus! Não posso tirar Jesus da Paixão! Tentava contornar o padre com duas preocupações simultâneas: a perda dos recursos para ajudar na construção do futuro convento e a saída do principal ator da peça.

- O senhor não tem escolha, padre Sizínio. Ou tira este facínora, cachorro, do teatro, ou não tem mais ajuda para a igreja. Determinou e virou-se para Margarida raivoso. Você vem comigo. Seu teatro acaba aqui. E saiu esticando a mulher pelo fundo da igreja. Os demais participantes iam chegando. Ninguém entendeu direito o que havia acontecido. Padre Sizínio inventou uma desculpa qualquer. Dona Margarida foi substituída por Violeta. E tudo, parcialmente, ficou resolvido.

Mais tarde, após o ensaio, o Padre foi até a casa de Lameque. Usou todos os argumentos que lhe coube para convencer o velho. A única coisa que lhe restava era se ajoelhar diante do homem e implorar para desistir daquela ideia de tirar o Administrador e deixar de contribuir financeiramente. Quando percebeu que o ferreiro estava irredutível, respirou fundo, pediu uma aguardente de carvalho ao ferreiro, tomou dois goles e foi se retirando derrotado. Lameque o acompanhou até a varanda. Ao ver a desolação do sacerdote, teve compaixão, e propôs um novo acordo.

- Eu faço o papel do Centurião e tudo fica resolvido. Disse o ferreiro circunspecto.

- Mas o senhor nem ensaiou! Exclamou o Padre.

- E para que Centurião precisa de ensaio? Não é só bater em Jesus na Via Crucis? Indagou.

- É sim, senhor. Concordou o pároco.

- Então está feito. Amanhã, o papel do Centurião é meu. E ninguém tira. Estamos de acordo? Estendeu a mão para o padre.

- De acordo! O padre respondeu apertando a mão do ferreiro.

No dia seguinte, o ferreiro fez seu próprio chicote. Amarrou pedaços de osso de galinha e pequenas peças de metal nas pontas das tiras do couro e prendeu num pedaço resistente de peroba-rosa. A estreia foi marcada para as dezesseis horas. A Via Sacra sairia da Praça da Igreja, percorreria bem parte do Povoado até o Calvário, no alto da Ladeira da Gameleira. Todos já estavam prontos. Exceto o Centurião que ainda não havia chegado. O Padre nem precisou dispensar Zé Domingos, porque este já havia dito, logo cedo, que estava com uma crise de nervos e não participaria. Quando o ferreiro chegou, foi uma surpresa geral. Era a primeira vez que o ferreiro participava efetivamente de uma celebração do povoado. Quem não ficou muito satisfeito com a ideia de o ferreiro fazer o papel do Centurião foi o Administrador. No entanto, a euforia da estreia, a ansiedade, o público esperando na rua, a igreja cheia, acabou por esquecer de seu futuro carrasco.

Tudo transcorreu como nos ensaios. O batismo de Jesus, os milagres, a traição de Judas, a prisão e, finalmente, a crucificação. A cruz construída por Seu Ananias e Mestre Virgílio foi feita de angelim, com textura áspera, aspecto fibroso, sem brilho, mas de cor marrom-amarelado que dava um bonito efeito nos ombros de Jesus. Não era muito pesada. O Administrador nos ensaios disse que seu peso era ideal.

O Padre marcou o lugar das quatorze estações da Via Crucis. O Caminho da Cruz, do pretório, na Praça da Igreja, até ao Calvário, no alto da Ladeira da Gameleira, levaria cerca de quarenta minutos. O Centurião estava com a mão direita do chicote coçando.

Na primeira estação, quando Jesus foi condenado à morte, não houve chicotada. O Padre, misturado à multidão, interpretado o papel de Simão de Cirene, fez sinal para o Centurião esperar. Mas na segunda estação quando Jesus carrega a cruz pela primeira vez, Lameque, ou melhor, o

Centurião, ergueu o braço o mais alto que pode e desceu a primeira chicotada com toda a sua potência. Jesus contraiu as costas, sentindo a lapada. A princípio pensou que o tecido havia apenas arranhado. Como soava e o sangue fervia, suportou a dor.

Na terceira estação, quando Jesus caiu pela primeira vez, os olhos de Lameque brilhavam de prazer e as mãos coçavam cada vez mais rápido. O Centurião nem deixou Jesus respirar direito, bastou dobrar o primeiro joelho para que ele recebesse a segunda e terceira chicotadas seguidas. O Administrador ergueu a cruz num salto. Virou-se para o outro enraivecido e disse num tom que só ele ouviu:

- Isso aqui é teatro, seu Lameque. Pega leve nas chicotadas. Está doendo.

- Adianta, rapaz! Gritou o ferreiro . Que Jesus frouxo é esse?

E a peça continuou, com as mulheres chorando logo atrás e o Padre dando pressa na Via Crucis. Na quarta estação quando Jesus se encontrou com sua mãe, Maria, o ferreiro teve piedade. Porém, antes do Padre entrar em ação, na quinta estação, o Centurião castigou Jesus com mais três chicotadas seguidas.

- Toma, seu vagabundo! Urrou Lameque. Nunca mais você vai fazer coisa errada nesse mundo!

O Administrador não suportou. As chicotadas lhe rasgaram as vestes. As costas ardiam que nem pimenta braba. Ele jogou a cruz no chão, antes mesmo de Simão de Cirene ajudá-lo a carregar. Jesus ergueu os dois braços, chamando o Centurião para a briga, ao mesmo tempo em que gingava com os pés. Alguém gritou no meio da multidão:

- Eita que Jesus se danou! O pau vai quebrar!

E o pau quebrou. Jesus partiu para cima do Centurião, que, apesar da idade avançada, ainda se desvencilhava como o velho barão do café em Vila Bela e chicoteou Jesus mais vezes. Simão de Cirene tentou separar a briga e foi chicoteado também. Labão foi defender Jesus, levou um catiripapo e depois um soco do professor Bernardo Guimarães. Em questão de segundos, a rua Direita de Cima parecia um campo de batalha. Verônica, interpretada por Theda Bara, que entraria na sexta estação, saiu revoltada porque não conseguiu fazer sua cena. Disse que nunca mais participaria de nada do povoado. Dona Janina da Ressurreição dos Últimos Dias, alvoroçada, xingou todas as outras beatas por chorarem melhor que ela durante o martírio de Jesus. O padre foi acudido pela beata Maria do Rosário, se contorcendo de dor no lombo. Tiagão, atingido acidentalmente pela cruz de Jesus, saiu cambaleando e caiu no rio. Foi salvo por Mestre Virgílio e pelo chicote do ferreiro que caiu no chão, durante a confusão.

A peça terminou sem a crucificação de Jesus e com o Administrador cinco dias dentro de casa, cuidando das feridas deixadas pelo chicote vingador. Aquela foi a primeira e última vez que o Padre Sizínio tentou montar um espetáculo de teatro com a comunidade.

Nesse fato, o ferreiro perdoou a amante que virou esposa. Mas no outro acontecimento que virou notícia, a esposa que virou amante, foi expulsa de casa. O único que viu dona Margarida entrar no primeiro *"Mamãe me leva"* para Vila Bela, contrariando a expectativa dela ter sido vista por Seu Ananias, foi Demas Amzalag, o Administrador do Povoado, que, uma semana depois, solicitou desligamento da prefeitura e foi atrás do grande amor de sua vida.

Ademais, todos os acontecimentos, confusões e querelas que resultaram desta balbúrdia na Semana Santa foram registradas no *Livro de Tombo das Extraordinárias Passagens do Povoado das Onze Mil Virgens* sob o título de *"A Peleja de Nosso Senhor Contra o Ferreiro Vingador"*.

O JOGO DO PATO

Que 1942, para o Povoado das Onze Mil Virgens, foi um ano insólito, todos nós já sabemos. Entretanto, o *Livro de Tombo das Extraordinárias Passagens do Povoado das Onze Mil Virgens* registra um fato astronômico que se sucedeu durante o *Jogo do Pato*. Vinte competidores se inscreveram para participar. Entre eles, Labão, doutor Bandeirante, Zé Domingos, João e o subdelegado Josué. Os demais adversários tinham vindo de comunidades mais distantes, como Touro Morto, Rio Negro e um barbeiro da cidade de Vila Bela.

A primeira disputa se deu entre João e um camponês de Touro Morto, conhecido como Jacaré, um caucasiano, de pestanas salientes e olhos verdes que depois se soube que era irmão de Rosa, a segunda esposa de Lameque. O pato foi amarrado pelo pé numa corda de duas dobras, de quase dois metros de comprimento, por dona Augusta e preso ao mastro. Isaura Cornejo, Seu Ananias e a beata Maria do Rosário eram os juízes que ficavam sentados num estrado de frente para o mastro. Quando o pato era solto, e dona Augusta se posicionava na extremidade da passagem dos cavalos, ela estendia uma bandeira vermelha. Aquele era o sinal para o competidor partir em disparada na direção do pato. Cada competidor tinha duas chances. Uma na ida e outra na volta. As competições sempre eram realizadas em dupla. O primeiro da dupla que cortasse a corda, sem matar o pato, era o vencedor.

O primeiro a competir foi Jacaré. O céu estava claro, o sol quente. Uma brisa suave percorria o campo. Ele ergueu o facão de dezesseis polegadas para o alto, depois girou numa habilidade incrível para um lado e para o outro, como artista de circo com seus malabares. O público vibrou, bateu palmas, assobiou. A lâmina reluziu. Os facões eram medidos pelos juízes antes da competição. Não podiam ter mais que dezoito polegadas, nem menos que quatorze. Os cabos podiam ser de madeira ou de osso, nunca de metal. As pessoas se aglomeravam de um lado a outro da pista de passagem dos cavalos. As crianças se penduravam nas árvores em busca de uma melhor vista da disputa. Dona Augusta fez sinal com a bandeira vermelha. Jacaré atiçou o cavalo e partiu. O pato se alvoroçou com o barulho da multidão. Corria de um lado a outro. Jacaré segurou com força as rédeas e inclinou-se a meia altura do lado direito do cavalo com o facão pronto para o golpe. O pato tentou voar. Jacaré desferiu o golpe. A corda que prendia a ave se partiu em duas. A multidão explodiu em palmas. O pato saiu em disparada na direção do rio, algumas crianças tentaram agarrá-lo, mas foi em vão. A ave sobrevoou as águas até o outro lado. Jacaré tinha acertado de primeira o golpe.

João percebeu que não seria fácil vencer seu oponente. Se perdesse, estaria fora da competição. Se vencesse, empataria com o adversário, abrindo oportunidade para uma nova tentativa. O subdelegado conferiu a sela e os arreios do cavalo do filho. Dona Augusta retirou outro pato do viveiro e prendeu ao mastro. Era um pato-preto, com dorso negro e uma faixa branca embaixo das asas, valente, que tentava bicá-la a qualquer custo. O pato, com a pele nua vermelha ao redor dos olhos e uma carúncula da mesma cor acima da base do bico, era um macho grande, bastante barulhento. O competidor, caso desejasse, tinha o direito de trocar a ave. Mas João não usou desta prerrogativa. Montou no cavalo e assim que dona Augusta baixou a bandeira, ele saiu girando o facão acima da cabeça como se fosse um laço. A cinco metros do mastro, o filho do subdelegado jogou o corpo para baixo e esticou o facão afiado para cortar a corda que segurava a ave. Antes mesmo da corda ser cortada, o pato barulhento tentou voar, mas foi puxado para baixo, por causa da corda no pé, no exato momento em que o golpe foi desferido. O pato-preto não teve a mesma sorte que a ave anterior. O golpe mortal lhe ceifou a vida. João foi eliminado da competição. Ele pagou, no costume do Povoado, literalmente o pato!

A segunda dupla foi disputada entre Zé Domingos, o poeta cantador que não parava de coçar a cabeça e Manoel da Onça, um vaqueiro de Touro Morto. Na peleja, Zé Domingos levou a melhor e se classificou para o próximo combate. A terceira dupla contou com o médico Bandeirante e um homem franzino, de nariz adunco, chamado pelos moradores de Rio Negro de Zé Pinguela, tangedor de gado. O homem parecia uma rosa fresca em cima do cavalo. Berrava uns gritos agudos e equilibrava o facão na ponta do dedo. Doutor Bandeirante não fez nenhuma arte para chamar a atenção. Se concentrou no pato-selvagem de grito nasal, tal qual uma corneta. No entanto, exagerou na concentração, não conseguiu cortar a corda, e foi eliminado por Zé Pinguela. E as disputas, ininterruptas, não davam trégua. Os vencedores da manhã disputariam a etapa final após o meio-dia.

O sol já estava a pino, no ponto mais alto do céu, no exato lugar em que um graveto enfiado na grama do campo, não faz sombra, quando o subdelegado Josué Silva ajeitou o cavalo para pelejar contra Mingo, um barbeiro barbudo, de braço comprido, cara redonda e nariz fino de Vila Bela. Até aquele momento, o único representante do Povoado que havia se classificado foi o cordelista Zé Domingos. Se não se sagrasse campeão, pelo menos, o cordel em homenagem a competição já estava escrito todinho em sua cabeça. O fanfarrão Labão caiu do cavalo no exato instante do golpe. Por um triz não se chocou com o mastro e caiu por cima do pato. Tiagão ficou furioso com o desempenho do filho.

Mingo também se chamava Domingos. Antônio Domingos. Barbeiro, amante das cavalgadas vilabelenses. Se a final fosse entre Zé e Mingo, o poeta criou até o mote para as rimas: *'Entre Patos e Domingos — A peleja do barbeiro voador e o poeta cantador"*. O título até que fazia jus ao barbeiro. O homem parecia um pássaro sobre o cavalo. Ele, rigorosamente, voava sobre o animal numa agilidade impressionante. Seu facão, de dezoito polegadas, com uma lâmina mais afiada que uma navalha, cabo de osso e uma pequena águia de asas abertas, em alto relevo, na parte inferior, foi erguido com as duas mãos, enquanto se segurava no equino apenas com as pernas. Na hora do golpe mortal, o pato-selvagem voou. Antes que fosse impulsionado para baixo pela corda, a lâmina cortou a corda a três dedos do pé da ave. Foi um golpe judicioso que deixou a multidão espicaçada, gritando seu nome sem parar. Ao ver aquela exibição, o subdelegado se sentiu no direito de fazer melhor. Foi neste interim que veio o sobrenatural.

O subdelegado Josué Silva, empinou o peito, puxou as rédeas do cavalo para certificar-se de que estavam seguras. O cavalo ergueu o pescoço, balançou a cabeça para cima e para baixo, emitindo um ronco esquisito, seguido de um relincho. O subdelegado interpretou aquele movimento do animal como sinal de aprovação. João achou que o cavalo quis dizer alguma coisa. As narinas dilatadas, os roncos esquisitos e a expiração forte, eram sinais de alerta. O subdelegado não deu ouvidos ao filho. Apontou o facão para frente, como um soldado em campo de batalha, e cavalgou a toda velocidade para o mastro. A sua postura sobre o garanhão branco lhe remeteu a um passado distante, durante a Guerra do Paraguai, em que seu bisavô, comandando as tropas brasileiras, em Vila Bela, avançou contra os estrangeiros ao som do toque de ataque: *"Cavalaria, avançar e degolar!"* O pato-selvagem se debateu, mais frenético e mais ruidoso que os outros. Os olhos do subdelegado estavam fixos na corda que pendia de um lado a outro do espaço demarcado para o pato. Se seguisse à risca o comando imaginário, naquela recordação repentina dos causos de seu bisavô, o destino da ave seria o prato de alguma família necessitada do Povoado. Mas o jogo requeria uma outra solução: cortar a corda e libertar o pato.

O golpe do subdelegado seria fatal se o cavalo não brecasse subitamente, arremessando o chefe de polícia a quase dez metros de distância. Josué Silva deslocou o ombro e teve vários arranhões na face e nos braços. Só João correu para ajudar o pai. A multidão, os juízes, dona Augusta, os outros competidores estavam estáticos, com os olhos arregalados, olhando em outra direção. Sequer viram a queda mirabolante do subdelegado girando no ar e se esborrachando no chão.

Todos permaneciam com os olhos fixos no céu. A lua, apareceu do nada, e começou a engolir, literalmente, o sol. O dia, de céu limpo e claro, perdia espaço para a noite fria e negra que cobriu o Povoado das Onze Mil Virgens.

O FIM DO MUNDO

Quando a lua começou a comer o sol, uma sombra gigantesca veio do alto da Ladeira da Gameleira, rapidamente, invadindo todo o Povoado. Em questão de segundos, o Passo da Lontra, a Rua das Putas Tristes, a Rua Direita de Cima, o bosque e a praça foram ficando escuros. O azul celeste se tornou estranhamente acinzentado, como a chegada de uma tempestade, mas o horizonte ainda permanecia iluminado. As crianças que estavam sob as árvores assistindo à competição, se jogaram no chão apavoradas correndo para suas casas. As mulheres fizeram o mesmo. Zé Pinguela, Zé Domingos e Mingo atravessaram o rio com seus cavalos na direção da mata escura. A sombra que se aproximava parecia uma peneira, por onde escapavam alguns raios de sol. Eram sombras voadoras, fantasmagóricas, assustadoras, velozes como o vento. As folhas entrecruzadas das árvores ampliavam ainda mais as imagens por onde ainda se passava a luz. A temperatura foi baixando vertiginosamente. O calor se transformou em frio.

O Profeta contemplava pensativo o Monumento das Virgens, repudiando a escultura de algumas imagens com os seios à mostra quando o fenômeno surgiu. Matusalém ergueu a vara de Arão para os céus e repetiu diversas vezes as palavras do profeta Isaías em alta voz:

- Eis que vem o dia do Senhor, horrendo, com

furor e ira ardente, para por a terra em assolação, e dela destruir os pecadores. Porque as estrelas dos céus e as suas constelações não darão a sua luz; o sol se escurecerá ao nascer, e a lua não resplandecerá com a sua luz[4].

O povo que assistia o jogo, corria desgovernado em todas as direções. Muitos se jogaram nas águas caudalosas do Rio Vermelho, outros gritavam que era o fim do mundo. A beata Maria do Rosário, ao lado de Isaura Cornejo se escondeu na igreja. O Padre Sizínio abriu a porta do templo para que os mais próximos se abrigassem ali também. A escuridão se intensificou e a luz se dissipou completamente. Os que conseguiram olhar para o alto, viram uma coroa se formar em torno do sol como fios finos de luz. A coroa lembrava um diamante, deslumbrando a visão com seu brilho intenso.

Os animais também se assustaram com os ventos repentinos que surgiram do Leste soprando forte sobre toda a extensão da Praça da Igreja. As cotovias que abrilhantaram a passagem dos peixes-voadores, voltaram como sinal de agouro para os moradores, ao lado de um bando de periquitos estrondosos, voando na direção oeste. Nesta hora, ao fazer o sinal da cruz, e ser arrastado pela força da ventania para o interior da igreja, o Padre se convenceu que todos morreriam naquele lugar. O subdelegado, agarrado ao filho, não desviou os olhos um só minuto daquele fenômeno atemorizante da natureza. Seu

---

4. Livro do Profeta Isaías, 13:9-10.

Ananias, permaneceu no estrado, com os olhos também compenetrados no avanço da lua sobre o sol. As estrelas mais brilhantes surgiram.

Foram apenas sete minutos de escuridão. Sete longos minutos até a lua cruzar totalmente o sol e sumir outra vez no firmamento. A estrela maior voltou a brilhar. Os ventos cessaram. Os pássaros saíram de seus esconderijos. Os animais se tranquilizaram. Uma brisa suave trouxe serenidade aos habitantes. Aos poucos, todos foram saindo de seus abrigos. João ajudou o pai a se levantar. Doutor Bandeirante correu para socorrê-lo.

No entardecer, quando o Repórter Esso, na Rádio Nacional, noticiou o fenômeno, e todo o Povoado já havia se recuperado do susto do fim do mundo, dona Janina da Ressurreição dos Últimos Dias se lembrou do que iria contar ao subdelegado Josué. O eclipse total do sol incidiu sobre todos os estados do norte e centro-oeste do país. Vila Bela e todos os seus distritos e povoados foram os mais atingidos. A Festa do Pato terminou no seu mais tradicional jogo sem um campeão. Dona Janina, desta vez sem pressa, desceu a Ladeira da Gameleira, cruzou a rua e o bosque onde faleceu pela primeira vez e chegou na Praça da Igreja quando a Trupe Teatro Popular de *Nuestra Señora María de la Asunción* dava início ao espetáculo *"O Cavaleiro na Armadura Brilhante e Uma Donzela em Apuros"*.

JUAN DE MARCO, O GOLPISTA, E O CAVALEIRO NA ARMADURA BRILHANTE E A DONZELA EM APUROS

Nem Theda Bara, a ordinária mais ordinária do Povoado, resistiu às cenas apaixonantes, interpretadas por Juarez e Esmeralda, no espetáculo de encerramento da Festa do Pato. Disfarçadamente, enxugava as lágrimas que escorriam do canto de seus olhos, sentada ao lado do Prefeito.

A Praça da Igreja foi o cenário ideal para a história da donzela que se apaixona por um cavaleiro errante disposto a fazer de tudo para ficar com o grande amor de sua vida. Juarez entrou de cabeça no personagem, interpretando com uma fabulosa carga dramática o Cavaleiro da Armadura Brilhante, sobretudo nos momentos em que tivera que lutar contra os irmãos da princesa, Calebe e Abnego, interpretados por Mathias e Giovanni de Marco. O Rei Osmar, papel de Juan de Marco, foi obrigado a dar a princesa Noemi ao príncipe Migdalia como forma de pagamento de uma grande dívida. Porém, numa bela manhã, ao passear pelo bosque, a princesa conhece um Cavaleiro numa Armadura Brilhante, o jovem Habacuque, de passagem por aquele reino. A paixão que surge entre os dois jovens é instantânea. Não tendo como pagar a dívida do reino, Habacuque resolve sequestrar Noemi. Os dois conseguem fugir para a floresta encantada onde são presos pela bruxa Maliggrina, amiga do rei Osmar. Juntos, conseguem escapar da bruxa, mas são encurralados pelos irmãos Calebe e Abnego. O Cavaleiro então entra em luta com os irmãos e é ferido mortalmente. Habacuque, o grande amor de Noemi, é arrastado pelos irmãos e jogado no grande Rio Negro para ser devorado pelos peixes. Entretanto, milagrosamente é salvo por um ermitão, que cuida de suas feridas e lhe dá de presente a espada do poder, capaz de vencer exércitos inteiros e reinos poderosos. Recuperado, ele volta para se vingar dos irmãos, mas é impedido pela princesa, no momento da batalha, quando ela se põe na frente e é ferida mortalmente por Habacuque. A princesa morre em seus braços. Furioso, o Cavaleiro na Armadura Brilhante destrói os dois reinos e depois se suicida.

A comunidade aplaudiu de pé, ainda em prantos, com o final trágico daquele emocionante espetáculo de rua. Juan de Marco e os filhos, aproveitando a euforia de todos, trataram de passar rapidamente as chapeletas. Giovanni, Mathias, Esmeralda e Josefina e o próprio Juan encheram rapidamente os chapéus com as doações do povo. Foi uma das maiores doações já vistas pela Trupe de Teatro Popular de *Nuestra Señora María de la Asunción*. Tiveram que passar os chapéus duas vezes seguidas para abarcar todos os recursos doados.

Juan, com um sorriso que ia de uma orelha a outra, recolheu as chapeletas dos filhos e da esposa entrou velozmente na carruagem para guardar o dinheiro. Ao entrar no veículo, foi surpreendido pelo subdelegado Josué e as beatas Maria do Rosário e Janina da Ressurreição dos Últimos Dias. Juan branquejou. A barba se encolheu e os olhos tremeram quando viu o chefe de polícia apontando-lhe uma pistola alemã *Luger P-08*, também chamada de *Pistola*

Parabellum. Presente de um primo seu de Pernambuco, que ele dizia ter pertencido ao cangaceiro Lampião quando foi morto em Angicos, no interior do Nordeste.

- Juan de Marco, o senhor está preso por violar o artigo 299, do Decreto-Lei no. 2.848, de 7 de dezembro de 1940. O senhor e toda a sua família cometeram o crime de falsidade ideológica. Portanto, ficarão detidos até que sejam transferidos para o Município de Vila Bela.

As beatas, resguardadas, pelo subdelegado, recolheram todos os donativos da comunidade e o diretor da companhia foi preso. Os auxiliares de Josué também algemaram os irmãos de Esmeralda. Apenas ela e a mãe não foram algemadas. A família *De Marco* era na verdade, a família Ferreira de Oliveira, do interior das Minas Gerais, que viviam de povoado em povoado aplicando golpes como a Trupe de Teatro Popular *Nuestra Señora María de la Asunción,* do Paraguai. Eles procuravam instituições ou grupos que estivessem precisando de ajuda, fingiam fazer um espetáculo para ajudar a instituição, recolhiam donativos e dinheiro em prol da entidade e na madrugada fugiam do lugar sem deixar um centavo sequer para a instituição. O golpe já havia sido aplicado em quase todos os povoados de Minas e parte do interior de São Paulo. A Trupe de Teatro Popular era procurada pela divisa de três estados brasileiros. Dona Janina recuperou em tempo a memória, recordando a denúncia que faria ao subdelegado na primeira noite da Festa do Pato. Felizmente, houve tempo de salvar as doações. Tempos depois foi homenageada pelo Prefeito com a medalha de honra ao mérito por ter sido responsável pela prisão da família atarracada.

QUEM AMA, PERDOA

Juarez ficou amargamente decepcionado com Esmeralda. Chorou como uma criança nos braços do irmão. Que, injustamente, foi criticado por aquele ao alertar sobre a desconfiança que teve logo que conheceu o paraguaio embusteiro.

- Nem tudo é perfeito. - Disse o irmão tentando consolá-lo.

- Você acha que devo ir lá, falar com ela? Indagou Juarez com os olhos lacrimejantes.

- Por que, não? Quem sabe ela não tem uma desculpa melhor? João arqueou os ombros dando um abraço no irmão.

Juarez enxugou as lágrimas e partiu em direção à delegacia, onde a Trupe estava detida. As mulheres foram colocadas numa sela e os homens em outra. O subdelegado trouxe Esmeralda para conversar com o filho, a sós, na recepção.

- Olá, Juarez. Disse, cabisbaixa, em sotaque espanhol.

- Você não precisa mais falar nesta língua. Repreendeu Juarez em tom frio como o aço.

Ela ergueu a cabeça e lhe encarou. Seus olhos ficaram mais bonitos, cobertos pelas lágrimas que escorreram pausadamente sobre a face dourada. Esmeralda deu alguns passos na direção da janela. Ficou em silêncio, de costas, por um tempo. Depois disse, tentando se justificar:

- Eu queria lhe contar tudo naquele dia, no bosque, debaixo daquela árvore gigante. Mas, quando pensei nas consequências, no que poderia ocorrer com meus irmãos, minha mãe, meu pai eu... desisti! Deu de ombros.

- É a princesa Noemi quem fala ou a menina que salvei de cair no Rio Vermelho? Retorquiu ele, interrompendo, ainda mais frígido.

- Sei que você está furioso comigo. Eu não tive escolha... Começou a chorar, fungando, baixinho. A cabeça dela tremia para o lado, como se estivesse soluçando.

Juarez mordiscou os lábios. O coração disparou, clamando por um perdão. A razão dizia que devia ser mais severo. Ele se aproximou, por trás, sentindo o cheiro do perfume que exalava de seus cabelos longos. Não resistiu. Seus braços a envolveram, carinhosamente. Ela se virou. Seus lábios estavam quase se tocando.

- Eu te amo. Ele disse.

- Eu te amo mais. Ela o beijou.

Aquele beijo foi suficiente para que uma série de acontecimentos se desencadeassem entre a Família Silva, representação máxima da lei e da ordem de Onze Mil Virgens, e a Família Ferreira de Oliveira, mensageira dos embaraçados, porém, talentosos artistas da Trupe de Teatro Popular de *Nuestra Señora María de la Asunción.* E tudo começou quando Juarez, louco deslumbrado, se envolveu com Esmeralda, a doce atriz das Minas Gerais que o convenceu a libertar seus pais e irmãos, no silêncio da noite, e partir com ela com a Trupe pelo mundo.

Mais tarde, quando o subdelegado descobriu a fuga, Juarez e a Trupe já estavam a caminho da imensa bacia do Prata, cavalgando em direção às baixas montanhas do Paraguai onde, finalmente, poderiam viver a família que lhes dera satisfação e popularidade, a *Família De Marco*. Juarez, em respeito ao pai, deixou-lhe um bilhete desculpando-se:

"Meu pai, o amor, às vezes, não consegue se sobrepor à razão.

Perdoe este filho desvairado. A culpa não é sua.

Nós fazemos nossas próprias escolhas.

Te amo. Juarez".

O subdelegado dobrou o bilhete e guardou no bolso da camisa. Abriu a gaveta da escrivaninha, pegou um pequeno dicionário, empoeirado, com a capa rasgada e manchada de pingos de café e procurou a palavra "desvairado". Quando descobriu seu significado, deu um largo sorriso, fechou o livro e exclamou:

- Ah, o amor!

EPÍLOGO

DESPEDIDA

Seu Ananias se encontrou com o Profeta no pé da Ladeira da Gameleira. O céu começava a ser tingido por um vermelho amarelado, em tons pastel, como se uma gama de cores quentes tingisse o firmamento como uma obra de arte, dando sinais de que a madrugada terminava. Pássaros cantavam alegremente, anunciando a chegada de mais um novo dia. As águas agitadas do Rio Miranda, rebatendo nos seixos às suas margens, entoavam uma melodia serena, como o som da flauta doce do jovem Juarez. Profeta e carpinteiro pausaram seus passos, um de frente para o outro. Seu Ananias caminhava em direção ao outro rio, mais para o interior do Povoado, onde se deu o Jogo do Pato, e o Profeta se preparava para partir.

Ficaram taciturnos, por um tempo, um esperando o outro abrir a boca, até que uma garoa fina, espargindo pequenas gotas de chuva, começou a cair. O Profeta segurava o cajado denominado por ele de a "Vara de Arão", que um dia acreditava que brotaria. Seu Ananias levava embaixo do braço seu banquinho de peroba-rosa.

- Estou partindo. Não tenho mais nada a fazer aqui. Disse o Profeta.

- Dá próxima vez, traga boas novas, como tem feito nos quatro cantos deste mundo. Disse o carpinteiro.

- Você sabe que não voltarei mais. Confessou circunspecto.

Seu Ananias baixou a cabeça. Sabia o que significava aquelas alpercatas nos pés do Profeta. Respirou com certa dificuldade. Mudou o banquinho de lado. Olhou para os lados e, em seguida, falou:

- Lembra das gameleiras que existiam nesta ladeira? E você costumava falar do homem que conversava contigo embaixo de uma figueira bem ali, no meio? Apontou para cima. Você disse que viajaria o mundo. Mas eu não pensei que...

O outro interrompeu com um breve sorriso nos lábios:

- Que eu seria um andarilho, um pregador das boas novas?

- Não. Um maluco mesmo. Riu respeitosamente. Todas as vezes que você vem aqui só traz notícias de morte. Concluiu.

- Nada podemos contra a verdade. O Profeta deu mais um passo e em seguida acrescentou:

- Cada um de nós... Homem, menino, mulher... tem uma missão. A minha folga com a verdade. Nem todos estão preparados. Finalizou sem esboçar nenhum ressentimento naquela face vincada pelos sofrimentos das longas caminhadas, também visíveis nos olhos afundados. O Profeta conhecia, como nenhum outro, o coração do velho carpinteiro.

Seu Ananias balançou a cabeça concordando. Estendeu a mão para cumprimentar o Profeta num gesto de despedida. O Profeta se aproximou mais e apertou a mão do amigo trazendo à tona um segredo que só o carpinteiro sabia:

- O Mestre, quando lhe devolveu a visão, disse que nós devemos dizer o que sabemos e comprovar o que vimos. Mesmo assim, muitos não aceitam o nosso testemunho. Pressionou um pouco mais a mão de Ananias. Adeus, carpinteiro!

- Adeus, Profeta.

As nuvens que ameaçavam chover, se dissiparam. O vermelho amarelado do céu foi substituído pelas cores exuberantes do arco-da-aliança que se formou por cima do Monte da Febre. De onde ele estava, parecia que o arco-íris cobria todo o Povoado. O Sol despontava lindo e vigoroso. Um pequeno grupo de cotovias, ziguezagueando no alto, seguiu o Profeta até ele desaparecer no alto da ladeira. Seu Ananias seguiu em frente, até às margens do Rio Vermelho, logo após o Monumento das Virgens, para aguardar, pela última vez, a passagem secular dos cavalos encantados do Povoado das Onze Mil Virgens.

ONDE FICA O VENTO
QUANDO ELE NÃO SOPRA?

Bituca ficou conhecido como o *"anjo que caiu do céu"*, mas, também, como o menino que conseguiu provar que a tal Escada do Infinito existia. Ele mesmo foi testemunha ocular de sua materialidade. Ao lado de Samuel, seu fiel escudeiro, parceiro de todos os jogos e brincadeiras, agora frequentavam as aulas de canto da professora Berenice Tanajura. Ele dizia que um dia seria um dos maiores cantores do Brasil. E Samuel acreditava nisso. O amigo tinha uma voz encantadora, elogiada por todos os professores da Escola de Ensino Fundamental do Povoado. A Professora de Canto estava feliz com os novos alunos e mais ainda encantada com a nova função de guardiã da imagem de Santa Úrsula. Na festa da padroeira seria ela a responsável por indicar os carregadores da padiola ornamentada da procissão.

Depois de tanto insistir, o amigo, finalmente, resolveu responder à pergunta que ficou martelando a cabeça de Samuel por vários dias: *"Onde fica o vento quando ele não sopra?"*. Bituca e Samuel haviam combinado de tomar banho, às escondidas, de seus pais, no Rio Miranda, antes da ponte antiga, em um pequeno lago raso formado pelas águas, rodeado de pedras, perto do quintal do avô de Samuel.

Bituca pegou um graveto e se aproximou de uma

poça de água, perto do seixo. Antes foi explicando:

- Samuel, o vento é um movimento do ar; uma corrente como a do rio, ou como a que podemos produzir nesta poça de água quando a agitamos assim... – Ele pegou o graveto e circulou na poça criando um movimento ondular até as margens. Continuou diante dos olhos atentos do amigo. A água estava parada, sem nenhum movimento, sem um motivo suficiente para que houvesse uma corrente de ar. Entendeu? Ou seja, não havia vento. Assim, onde fica o vento quando ele não sopra? Não fica em parte alguma quando não sopra. O vento não é como um graveto como este, nem como uma pedra, mas um estado em movimento. Quando o vento não sopra, não é porque ele se escondeu ou foi para outros lugares distantes, mas porque o ar está parado. Entendeu, agora?

Samuel estava convencido da explicação. De súbito, deu um grito como se tivesse descoberto uma grande questão.

- Eu entendi! Você devia ser o professor de geografia. Sabe mais de vento que aquele voador! Gargalhou. Bituca também riu.

- Vamos mergulhar? O último a entrar na água é mulher do Padre! Bituca saiu em disparada e caiu no lago. Samuel veio logo atrás. Seu Ananias observava os dois de longe, do outro lado do Povoado, às margens do outro rio. Diversas vezes orientou o neto a tomar banho somente naquela parte do rio, mais serena, mais segura, protegido pelo calhau. Cada um arrancou uma folha de inhame, enorme, encheram de água e arremessavam um no outro, numa batalha divertida dentro d'água. As folhas de inhame conseguem segurar muita água. As gotas sobre sua superfície se unem e escorrem para o centro, bailando. São do tamanho do peito de um adulto e úteis como copos de água.

Quando cansaram da brincadeira, deixaram as folhas descer nas corredeiras do Rio Miranda, como barquinhos de papel, deslizando sobre a água até desaparecerem nas curvas do rio. Às vezes, Bituca trazia bainhas de butiá, uma espécie de palmeira. As bainhas recobriam os cachos dos frutos deliciosos que a palmeira produzia. Elas serviam como canoas que levavam pedras e outros objetos pequenos rio abaixo.

O local do ancoradouro imaginário, criado pelas crianças, das pequenas canoas de butiá, ficava no pequeno lago em que eles, se divertiam. O mesmo lugar em que *"o marido que ninguém vê"* jogou o tesouro do mercador, achando que estaria escondido para sempre. Encontrar o tesouro perdido foi apenas uma questão de tempo. Os olhos de Seu Ananias estavam atentos a cada mergulho das crianças. Ele foi o primeiro a ver Bituca, com um sorriso mais brilhante que a luz daquele dia, sair da água com as mãos cheias de artefatos prateados. O tesouro havia sido encontrado. Afinal, *"nada está encoberto senão para ser manifesto; e nada foi escondido senão para vir à luz"*.

O LIVRO DE TOMBO
DAS EXTRAORDINÁRIAS HISTÓRIAS
DO POVOADO DAS ONZE MIL VIRGENS

No dicionário encontramos uma série de significados para a palavra "tombo", que vão desde uma "queda aparatosa", como descrevem os portugueses; a um sentido difamatório ou um golpe. Também se diz da colocação de um bem sob tutela do poder público, por reconhecimento de valor histórico, seja ele material ou imaterial.

O Livro de Tombo das Extraordinárias Passagens do Povoado das Onze Mil Virgens está mais para o conceito histórico, embora retrate algumas das confusões e curiosidades de seus ilustres moradores. É, a bem da verdade, um livro de registros de fatos, causos, coisas e personagens que não foram devidamente detalhados ou esclarecidos neste livro. Como, por exemplo, a relação alfabética dos cidadãos que passaram a frente do caixão do Mestre Virgílio durante o seu sepultamento. Traz ainda o relatório minucioso do 44º Batalhão de Infantaria Motorizada quando atestou que o Monte da Febre era um barril ambulante, prestes a explodir a qualquer momento, dada a alta concentração de enxofre, carvão vegetal e sal mineral, ingredientes indispensáveis a criação da pólvora.

O livro registra também uma matemática curiosa com o número de patos-selvagens que foram sacrificados nos primeiros quarenta anos da Festa do Pato, bem como a relação nominal de todos os campeões e vice-campeões do torneio que reuniu comunidades de várias regiões de Vila Bela. Só em 1950 é que foram proibidos pelo Conselho de Bem Estar dos Animais de Vila Bela a utilização de aves vivas na competição.

Consta no Cartório de Títulos e Documentos que o carpinteiro Ananias Alencar de Lima viveu 120 anos e a beata Maria do Rosário Soledade ainda contou histórias aos visitantes do Povoado até os 122 anos de idade. Eles foram registrados no livro de tombo como os moradores que mais viveram na comunidade.

Fenômenos como a passagem dos peixes-voadores e o eclipse total do sol são narrados por vários moradores. Cada um traz sua versão dos fenômenos. Alguns deles até relacionam a vinda do Profeta Matusalém, naquele ano de 1942, como um mal presságio.

O poeta Zé Domingos, que fugiu apavorado quando o dia virou noite, escreveu uma semana depois um cordel com o título *"O dia em que Onze Mil Virgens acreditou que o mundo iria acabar"*. Vendeu vinte mil livretos em todo o estado de Vila Bela.

A passagem que é atribuída a fala amiúde da beata Maria do Rosário, *"Porque nada está encoberto senão para ser manifesto; e nada foi escondido senão para vir à luz"*, foi escrita pelo apóstolo Marcos. E está no Evangelho de Marcos no capítulo 4, verso 22. Do mesmo modo, a fala imposta a Raquel de Simões, ao perceber a decepção do marido quando ela teve a primeira filha mulher, *"os filhos são herança do Senhor, uma recompensa que ele dá"*, pertence ao livro de Salmos, capítulo 127, verso 3.

O primeiro fundador de Onze Mil Virgens é descrito no Livro de Tombo como o padre Tenório de Santa Cruz. Ele chegou acompanhado de Seu Natanael, pai de Ananias e da beata Maria do Rosário, na época, uma noviça. O padre Sizínio chegou muito tempo depois para coordenar a paróquia de Santa Úrsula e ajudar na construção do convento das freiras. Que nunca saiu do papel.

O Prefeito, embora tenha prometido ao Administrador Demas Amzalag decretar feriado municipal o dia 21 de outubro, dia da padroeira Santa Úrsula, nas comemorações da Festa do Pato, ele não o fez. Revoltados, os moradores não votaram nele nas eleições municipais. Dizem que o Prefeito perdeu as eleições por causa dos votos de Onze Mil Virgens.

Demas Amzalag, o "Comprador de Almas", viveu maritalmente com dona Margarida até abril de 1950, ano em que foi diagnosticado com um osteossarcoma. Embora este tipo de tumor fosse mais frequente em crianças e adolescentes, ele abandonou o tratamento com Doutor Bandeirante e faleceu naquele mesmo ano. Quando fugiu com a mulher do ferreiro desistiu do Projeto de Lei que alterava o nome da Rua das Putas Tristes, para alegria de Lameque.

A Diretora de Cultura de Vila Bela nunca pisou os pés em Onze Mil Virgens. Limitou-se a dar aulas de piano para o filho do Prefeito e participar de inaugurações da prefeitura até o fim do mandato.

O menino Bituca se transformou num dos maiores cantores e compositores da Música Popular Brasileira. Deixou o apelido de lado e ficou conhecido mundialmente como Milton Nascimento.

O pequeno Vitalino, que Mestre Virgílio conheceu no período em que esteve preso, e que lhe serviu de inspiração para se tornar artesão, ficou conhecido no mundo inteiro como Mestre Vitalino. Vitalino Pereira dos Santos, nome de batismo, foi autor de diversas esculturas de argila, figuras inspiradas nas crenças populares em cenas do universo rural e urbano, no cotidiano, nos rituais e no imaginário da população do sertão nordestino brasileiro. Nasceu em 10 de julho de 1909 e morreu no dia 20 de julho de 1963, em Caruaru, Município de Pernambuco.

Doutor Joaquim Ribeiro não chegou a ser Ministro do Supremo Tribunal Federal. A causa que julgou, condenando Mestre Virgílio, sem provas cabais, lhe rendeu muitos dissabores. Inclusive de seus inimigos. Perdeu influência na Município e na capital. Morreu pobre, sob os cuidados de um dos seus empregados.

As madeiras que passaram a ser reaproveitadas pelo carpinteiro Ananias, sobretudo nas festas de fim de ano, foram batizadas por ele de "madeiras de demolição".

Até madeiras de chiqueiros de porcos, galpões de depósito de mantimentos, casas, passaram a ser reaproveitadas, ao invés de virar fogueira. Dava um trabalho medonho tirar os pregos, raspar a madeira manualmente, escovar, limpar, mas o resultado era fantástico. Peças lindas surgiam nas mãos do carpinteiro. Sobretudo da peroba-rosa, a principal madeira da região que foi largamente utilizada em todo o estado de Vila Bela.

Naquele tempo, os moradores de Onze Mil Virgens costumavam batizar seus filhos sempre com a mesma letra inicial do nome. Os filhos de Mestre Virgílio foram chamados de Deraldo, Davi, Djair, Durval e Daniel; as filhas de dona Janina da Ressurreição dos Últimos Dias de Cristina e Cristiane e os filhos do Subdelegado Josué Silva de Juarez e João. À exceção de Deraldo e Daniel, todos os outros foram batizados pelo Padre Sizínio.

Conta a lenda que Maurits Cornelis Escher, artista gráfico holandês, popular por suas xilogravuras, litografias e meios-tons que simulam construções impossíveis, preenchimento regular do plano, explorações do infinito e as metamorfoses, ao viajar pelo mundo, teve uma passagem meteórica pelo Brasil e foi parar em Vila Bela. De lá, ficou sabendo de um povoado curioso a alguns quilômetros distantes da capital. Ao chegar no Povoado das Onze Mil Virgens, viu uma enorme pedra em frente a igreja e resolveu esculpir um monumento em homenagem a história do lugar. Daí nasceu o Monumento das Virgens. A única escultura que se tem notícia que foi criada por Escher. Ele teria também passado algumas noites na Casa Rosada e se tornado um grande amigo do coronel Lameque. Nesta ocasião conheceu as escadarias escondidas do coronel, seu bunker particular, que serviu de inspiração a Escher para uma de suas principais obras: *Relativity,* apresentada ao público em 1953.

Entretanto, a história retrata que Maurits Cornelis Escher passou parte de sua vida na Itália, Espanha, Bélgica, Suíça e em Baam, nos Países Baixos. Nunca saiu da Europa e ele não era escultor. O que fica difícil acreditar que ele tenha esculpido o principal monumento do povoado.

Ilhéus, Inverno de 2019.

FIM

www.ingramcontent.com/pod-product-compliance
Lightning Source LLC
Chambersburg PA
CBHW051314130726
47987CB00004B/1804